小镇杂记

——我在美国教中文

徐承伟——著

生活·讀書·新知三联书店 生活書店出版有限公司

图书在版编目（CIP）数据

小镇杂记 / 徐承伟著 .— 北京 : 生活书店出版有限公司 , 2019.9
ISBN 978-7-80768-298-1

Ⅰ . ①小… Ⅱ . ①徐… Ⅲ . ①散文集－中国－当代
Ⅳ . ① I267

中国版本图书馆 CIP 数据核字 (2019) 第 071046 号

责任编辑 廉 勇
装帧设计 罗 洪
责任印制 常宁强

出版发行 生活書店出版有限公司
（北京市东城区美术馆东街 22 号）
邮 编 100010
印 刷 河北省三河市天润建兴印务有限公司
版 次 2019 年 9 月北京第 1 版
2019 年 9 月北京第 1 次印刷
开 本 880 毫米 ×1230 毫米 1/32 印张 10.125
字 数 160 千字 图 72 幅
印 数 0,001—3,000 册
定 价 48.00 元
（印装查询：010-64052612；邮购查询：010-84010542）

目录

前　记

人生就是选择。

在那个竞争不似今日惨烈的年代，我选择了一个自己喜欢的职业：大学老师。

按照今天的标准，我是不够资格不配做的，我只是幸运，赶上了好时候，有一份轻松单纯的工作。我喜欢这份工作，它给了我很多乐趣和极大的自由——时间的自由，这世间最宝贵的不就是自由吗？

做了多年教师了，躲进小楼，贪图安逸，说是教书育人，其实误人子弟，不过我误的都是洋人，有人说这是“曲线爱国，罪过小一些”，当然这都是朋友之间的玩笑话。

太阳每天升起，我也每天忙忙碌碌的，但我一没忙论文，论文看不大懂；二没忙申报项目，表格填不周全。非不为也，是不能也。我也不知道自己忙的是什么，三尺讲台一站 20 多年，教过上千洋学生，其中被我耽误的不在少数。一眨眼，忽忽已到中年，老了。

然而，是人都老。

是人都老，不老是妖。
貌似不老，装嫩扮少。
相由心生，心欲不老。
尘世滋味，愈老愈晓。
…………

人过五旬，吃了许多年的饭，资源浪费很多，除了年纪一大把，此外什么都不懂，但越不懂，越想装，这是时代流行病，我也不能免。时常觉得有话要说，有文要写，尽管说也说不清，写也写不好，但是只要无人呵止，就可抬头胡说、低头瞎写吧，反正是自娱自乐，并不求有什么成果。谢天谢地，这是我的又一大自由。

乙未至丁酉年，作为中文教师，公派教书到了新大陆。相比走马观花到美一游，我这两年的工作生活，不知算不算深度体验（肤浅之人的深度可想而知），但异域总有些新奇的事，这也成了我勤摇笔头的契机。多年隔绝的老同学，碰巧联系，偶见我的臆见胡言，青眼谬赏，谆谆嘱我："有时间写点散文吧，不写长的，短的也好啊。"其实哪里好呀。

"月是故乡明。"我爱杜甫这句诗，并且独持偏见，他乡非天堂。

虽然这里的天蔚蓝，草碧绿，可我总觉得永远比不上记忆深处的“那一方”。

夜深人静时，在异国他乡旷野荒村的公寓里，窗外狂风呼啸，脑子里就有恐惧的画面浮现，仿佛身处虎狼之国，风在吼，兽在叫，青纱帐在咆哮，不免心惊胆战……

故乡无此声呵，千万里，家国已远……

至于写的是什么，无他，只是一个汉语教师在美国小镇的平常生活而已。余来也晚，刘姥姥进大观园的震撼，我没有赶上，世人耳熟能详的大观园胜景，不提也罢。无才无识无聊的人，所见所闻所感，都是井底之蛙贻笑大方的臆说管见。文似看山不喜平，小孩子学走路，深一脚浅一脚，摇摇晃晃挺好看，我学作文，自觉不通、肤浅。

2017 年 4 月

于美国伊利诺伊州诺默尔小镇

1. 东邻高尔夫

美国的高尔夫球场随处可见，小镇有多个。傍晚散步，沿着人行道向东，就是伊利诺伊州立大学（Illinois State University，简称 ISU）的高尔夫球场。

吉姆和卡洛尔夫妇是 20 世纪 70 年代伊利诺伊州立大学校友，两人都是高尔夫爱好者，早在 2007 年，夫妻就在大学设立了穆尼耶奖学金。该奖学金每年颁给一个高尔夫学生运动员，男女生交替。

2012 年，校方在学校所属的这块田地上兴建高尔夫球场，聘请专业公司设计，为了“帮助有才华的男女实现自己的目标和梦想”，吉姆夫妇慷慨捐款，创下“大学历史上最大的个人恩赐”。球场 2013 年建成。

场地很大，绿草如茵，满眼的绿，几棵古树，苍苍郁郁的。我每日散步，顺着远离击球场地的小径，时常看到精巧的木头小房，似具体而微的别墅，挂在树上，那是专为鸟儿们做的“七星级酒店”。

往上看，蓝天如巨大画布，云朵缓缓来去；往下看，四处蔓延的绿，褐色小路隐入树丛，黄昏时，鸟儿归巢，雁叫鸟鸣，打破夕阳的沉静，落日熔金，暮云变幻，一抹银灰，一抹橘红……我常觉自己是在画中行，仿佛亲身走入了马克·罗斯科（Mark Rothko）的大色块抽象表现主义画中。

这里既是大学的高尔夫训练课场地，也对外开放，吸纳高尔夫俱乐部会员。这种做法有多重意义，它兼顾教育和商业运作。2014年，大学高尔夫俱乐部加入美国ACSP合作保护计划（奥杜邦高尔夫球场合作栖息地项目，简称ACSP），由全美高尔夫协会赞助并协助管理。协会为高尔夫球场提供咨询服务，帮助开发利用现有资源，有效保护野生动物，维护提高球场的环境质量。学校明确提出：“高尔夫球场不仅让球手受益，还应该是各种野生动物的栖息地。”听说这里开发项目和环境保护同步进行，经营者和管理者一起工作，防治虫害，涵养水源，保持水土，保护植物和野生动物。这种模式成为土地及其他自然资源更好利用和管理的好方法。

顾此思彼。看到此处的高尔夫球场，想起那方的高尔夫运动。高尔夫引入中国，始于20世纪80年代。与其他事物一样，高尔夫突飞猛进呈爆炸式发展。有一阵子，北京周边大建高尔夫球场，无良商人以“生态观光园”“休闲俱乐部”“高档会所”为名，搭乘“高尔夫”运动这班车，违规搞地产，偷采地下水，破坏环境。

由于项目改头换面不在规划之内，无法监管。还记得各部委联合整治，新闻报道说，时限已过，结果无可奉告。

朋友中，有几个高尔夫的狂热爱好者，有一位还在自家院子里专辟一块练习场地，装上护网，勤练挥杆；大学好友的先生可算同龄人中最早打高尔夫的了，他热衷此道，可她不太上心，只偶尔挥挥杆子。差不多在20年前，还有个前卫的朋友，痴迷高尔夫，为此甘愿做了丁克，不要孩子，业余专事打球。北京打不过瘾，夫妻二人常背着包，坐飞机出国打，下南洋，去海岛，乐此不疲。那时候，我国的高尔夫球场上晃动着多少壮者的身影。

在这个高尔夫球场，我看到的除了学生，多为中老年人士，提着、扛着杆子，推着、开着车子，穿着随随便便半新不旧的运动装，晒着太阳，慢悠悠地打发闲暇时光。

我也觉得高尔夫是适宜中老年的运动。

2. 如此和谐

高尔夫球场北侧，一大块地方，也属于大学，是园艺中心（Horticulture Center），农学系的实验园。开放式园林，任何人都可以自由出入，驻足徜徉，闻闻花香，抱抱大树，听听鸟叫。也可以野餐，聚会，悉听尊便。有专设的餐桌，在一棵大树下面，并有牌明示：只可动脚，不许动手，禁止采摘。

实验园用竹木篱笆、爬藤、花架将不同主题的小园圈成圆形、方形、不规则形：花园，草园，药园，果园，菜园，谷物园，知

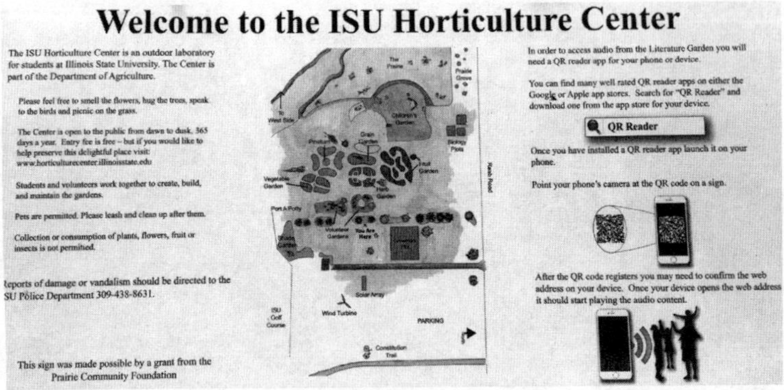

ISU 园艺中心

识园……都精心布置，花草高低错落，参差有致；各种废物利用，匠心独运，化腐朽为神奇。

引人注目的是多个大块木牌，插在园中，我初以为是园林知识介绍，近看才知是介绍人的，与农业科学似乎不太相关的人文社科领域的人物小传，作家居多。

驻足一块木牌前，这是洛伊丝·伦斯基（Lois Lenski）。

洛伊丝奶奶是美国儿童文学作家，1893 年出生于俄亥俄州的斯普林菲尔德。

她的作品具有普世情怀，描绘第一次世界大战前“朴实、真诚、健康的”生活，带有“真正的和平与安全的欢乐”，很多是儿童文学经典，《草莓女孩》（*Strawberry Girl*）获得美国纽伯瑞儿童文学奖金奖（The Newbery Medal for Best Children’s Book, Newbery Medal Award）。她 1974 年去世，其遗物，包括生前收集的大量报纸、儿童玩具、书籍、剪贴簿，被分送美国各地大学，其中一部分，陈列在伊利诺伊州立大学米尔纳图书馆特别收藏物部门。

移步另一块木牌前，这是谢尔·希尔弗斯坦。

谢尔原名谢尔登·艾伦·希尔弗斯坦（Sheldon Alan Silverstein），是美国文坛享有盛名的绘本大师。

1930 年，谢尔出生于伊利诺伊州芝加哥市，曾在美国陆军服役，退伍后专事创作。其创作生涯起于为《花花公子》杂志发表文章和漫画，1964 年以《爱心树》轰动文坛，奠定在美国当代儿童文学界的地位。

他多才多艺，写诗，写歌，从浪漫抒情到嬉笑怒骂，无所不备。此人独具一格，评论家埃里克·A.基梅尔（Eric A. Kimmel）在《论20世纪儿童文学作家》（*Twentieth-Century Children's Writers*）中这样说："他的诗读起来就像四年级的学生正在笔记本电脑上胡写乱画发泄情绪，突然被老师发现了。"又说："那可能正是他们的内心世界。"

这是褒还是贬？是好还是坏？

尽管褒贬不一，但是，这不妨碍他做。他自称："小时候，大约12岁到14岁之间吧，我更想成为一个好棒球手，或者跟姑娘们一起玩，但是我球技不好，也不会跳舞。幸运的是姑娘们也不喜欢我，我在那些事上付出并不多，所以我开始绘画和写作。何其有幸，那时我没有可模仿的对象，也没有影响深刻的作品。我开始形成自己的风格……等我到了可以吸引姑娘们注意的年龄，我已沉迷于工作，对我而言，工作更加重要。并不是我不愿做爱，而是工作已经成为一种习惯。"

1999年谢尔去世，留下大量未出版的著作。

他的绘本幽默温馨。简单朴实的插图，浅显的文字，有淡淡的人生讽刺与生活哲学，不只吸引儿童，也俘获了大人的心。

想起C. P. 斯诺（Charles Percy Snow）的《两种文化》，斯诺认为两种文化即科学与人文的沟通应该是这样的：自然科学人士应该读莎士比亚和狄更斯，人文学人士应该知道热力学第二定律。

这个实验园真是好，它把自然科学、人文科学如此结合，不知为什么，我想到了我们孜孜以求的"和谐"。

3. 成功是意外

在我的人生中，最令人高兴的，就是发生了一些我预料不到的事。

——卡尔·桑德伯格

卡尔·桑德伯格（1878—1967）是我一位年长的学生舅舅家的老邻居。

作为美国20世纪最流行的两首诗歌《芝加哥》（Chicago，1914）和《雾》（Fog，1916）以及六卷林肯传记（*Abraham Lincoln*，1926—1939）的作者，桑德伯格是美国文学史上的一段传奇。他是美国粗糙派诗人中的一员，“是一位温和体贴的绅士”。其典型形象——棱角分明的面孔和男孩般粗糙的发型，令美国人记忆犹新。

1878年，他出生在中西部的伊利诺伊州盖尔斯堡东三街的三居室小屋里。这座不起眼的简朴房子，反映了19世纪末期美国典型工薪阶层家庭的生活条件。房子背后有一个小树林公园——卡尔·桑德伯格公园，红色的花岗岩巨石下面，葬着卡尔·桑德伯格的骨灰。

卡尔·桑德伯格是瑞典后裔，其父是芝加哥附近铁匠的帮手，1873年买下这所蜗居。卡尔那时叫“查理”，是家里七个孩子中的老二。

“穷人的孩子早当家”，中外一理。卡尔很小就开始谋生了，八年级他退了学，此后10年，做过各种工作，送牛奶、做冰块、砌砖、打麦子、擦皮鞋。之后，他开始流浪，这是他最早的教育背景：社会大学。

20岁之前，他游历于伊利诺伊州到内布拉斯加州，流浪途中所看到的鲜明的贫富差距，在他心灵深处打下深深烙印，这些都极大地影响了他的写作和政治观点。

1898年，卡尔20岁，美西战争爆发，他志愿参军，奉命去加勒比海的波多黎各，在那里和酷热及蚊子作战，战后回到家乡，进入大学学习。

大学培养了他的文学才华和政治观点。桑德伯格加入了普尔作家俱乐部，这是一个非正式的文学社团，社员聚到一起读诗评诗。菲利普·格林·赖特（Philip Green Wright）教授是一个有才华的、政治开明的学者，是他慧眼识才，鼓励了年轻的桑德伯格写诗。

大学毕业前，桑德伯格因写作已经小有名气，他接受了导师的社会主义观点。除了写诗，他还贩卖小商品，要挣钱养活自己。1904年，他的第一本诗集在地下室印出，后来又出了两本。

20世纪第一个10年里，桑德伯格的关注点转向美国工人的困境。他曾担任威斯康星州社会民主党的组织者，书写和分发政治小册子和文学作品。在密尔沃基（Milwaukee）党总部，桑德伯格遇到了丽莲，1908年结婚。

为了养家，桑德伯格回到伊利诺伊州，改行做新闻工作。他曾担任芝加哥《每日新闻》的记者，他的报道大部分关涉劳工问题，这是他的写作重心，他成了美国工人的诗意发言人。他的话语，他的呐喊，代表着美国劳苦大众，来源于底层民众。那些语言，朴实生动，多出自街头闲谈、本地土语。

1914年，当桑德伯格的一组诗出现在全国范围内发行的诗刊上时，他只是个无名小卒。36岁那年，著名的诗歌杂志《诗歌》（*Poetry*）发表了他的诗作《芝加哥》（Chicago），他崭露头角，并由此发现了自己。他认为自己应该顺应时代社会发展，关注社会问题，这会给他带来国际声誉。他认为自己应该成为作家。随后，他发表了更多诗歌。

《怪诞故事》（*Rootabaga Stories*，1922）一书，是桑德伯格为儿童写的怪诞故事集，出版商建议他为孩子们写亚伯拉罕·林肯传记。他写了三年。不过，儿童读物没写成，却写出了适合成人看的林肯传记。桑德伯格的《亚伯拉罕·林肯：草原岁月》出版于1926年，为他掘得第一桶金。

后来，他搬家到密歇根州，完成了林肯传记的另外四卷，《亚伯拉罕·林肯：战争年代》，为他赢得了普利策奖。此后桑德伯格不断写作，十分多产，诗、小说、摇滚乐、民歌、自传《永远年轻的陌生人》等。

1945 年，桑德伯格带着一大群山羊——他文学创作的奖品，再加上千册书籍，搬家到北卡罗来纳州。他的诗歌全集赢得了第二个普利策奖。

1967 年 7 月 22 日，桑德伯格在北卡罗来纳州的家中去世，享年 90 岁。

纵观桑德伯格一生，在写作上，他先为总统立传，后成为美国劳工的代言人，他的人生上下求索，顺应了时势潮流，也印证了通古今之变的司马迁两千多年前的发现——个人源于社会，也要迎合社会需要，追随时代潮流，要与时俱进。像苏东坡那样“一肚皮不合时宜”，只能自讨苦吃。然而，东坡先生的人格魅力，非成功的桑德伯格可比。

他在实验园也有一块牌。

4. 绿意无边

这天有课，早上打开衣柜，翻腾衣服，随意选了件草绿的镂空开司米衫，鞋子碰巧是墨绿。说来惭愧，为人师表，我差得太远，只是见贤思齐，有心向善。当年初为人师，前辈就曾殷殷叮嘱:“对外汉语教学是‘涉外工作’，需要特别注意外表形象，为人师表很重要的。”我自知腹笥贫弱，胸无诗书，更需要装点门面，做好“表面文章”。为了学生们的学习效果，避免徒儿们的审美疲劳，我也像同事们一样，遵守不成文的规定，衣服新亦好，旧无妨，站在讲台前应该穿“工作服”，如果天天有课，必须日日换装，虽然那并不脏。

一进教室，听见两声尖叫：

“Wow! You are wearing green! ”（哇噢！你穿了绿色！）

“ Great! ”（太棒了！）

是司宓思和诺杰。

原来，今天是 3 月 17 日，圣帕特里克节（St. Patrick’s Day）。按照习俗，美国人这天要穿绿色。

“不穿呢？”

“别人就可以掐你！”

今天我好像是刻意穿了绿色，为了免掐的，这真是太巧了。

定睛看，司宓思穿了绿色运动衫，诺杰戴了一顶有绿色条纹的帽子，接着安德鲁走进来，他穿了绿色的衬衫！教室里绿意盎然，春天来了吗？

St. Patrick’s Day 是个什么节？

最早这是美国爱尔兰裔的庆祝活动，纪念圣人帕特里克。美国约有 3450 万名爱尔兰后裔。1845 至 1852 年，爱尔兰大饥荒，百万贫民移民美国。当时美国被英国殖民者掌控，异教徒加奇怪的口音，使新移民们工作难找，生活穷困。某年，英军中的爱尔兰士兵奏响音乐，行进在纽约市街头，乡音唤起爱尔兰移民郁积已久的乡愁。后来，爱尔兰移民组织起“爱尔兰援助组织”（Irish Aid），每年举行圣帕特里克节游行，虽被当时报纸斥为“醉酒的邪恶猴子”，但人多势众，渐成为政治力量，被政客利用，称为“绿色机器”，在选举中占有举足轻重的投票数。

圣帕特里克节这一天，除了游行，还有宴会，必不可少一道菜——牛肉卷心菜。早期爱尔兰裔美国人大多贫穷，选择便宜的牛肉替代熏肉，春天卷心菜也便宜，就有了这道节日菜。

这一天，人们要穿绿色，顶级装扮是从头到脚，一绿到底。

这一天，芝加哥等地有盛大游行和行进乐队表演，连芝加哥河都要染成绿色。此一传统始于 1962 年，当时水管工人用荧光黄染剂检测污水，该染剂遇到有毒污泥便会变成亮绿色。如今使用的是植物染料，绿色持续数小时后自然消退，据说“很环保”。

想起国内把黄土地泼上绿色油漆的事，那灵感是否来自于此？

英语有谚“Follow the Jones’ family”（向琼斯家看齐），意思是琼斯家有什么，我家也要有，琼斯家做什么，我家也要做。攀比是有上进心的表现，与汉语成语“见贤思齐”庶几近之。不过，琼斯家有的一定都“贤”吗？取法乎上，始得其中，取法乎下呢？

5. 邂逅名人

有车以后，恢复在国内的锻炼习惯，每天下午开车十几分钟，去镇上的健身俱乐部游泳。

这个游泳馆算是本地最好的泳馆，会员制。25 米的泳池，水清澈见底，水温恒定 28 摄氏度。每天下午，游泳的人较少，常

La Fitness 泳池

常只有我一个人，使我有享受私家泳池的豪华感。泳池旁边就是SPA（水疗中心）按摩池，温泉水暖，还有180华氏度（约82摄氏度）的桑拿房。游完泳，泡一泡，蒸一蒸，舒服极了。国内不少泳馆，硬件都不比这里差，甚至远超这里，但是管理维护，常是有所不为，而这里用试纸检测水质，每天固定测试多次，都是我亲眼见到的。

最近，常常看见一对亚裔老夫妇，我本能地认为他们是中国人。他们和我的锻炼时间契合，两人全副武装，泳衣、泳帽、泳镜，外加护身的浮漂，如忍者神龟，在水中缓行。我游1000米，他们大概也走几百米吧。有时候遇上，彼此点头打个招呼，果然是中国人。在更衣室和老夫人聊天，知道老先生90多岁了，老夫人也近80岁，家就住在游泳馆附近，开车三分钟。老夫人开一辆黑色凌志。

有一天，夫人问我微信的事，她听说微信好，也想用，但是不知道怎么用，问我能否去她家帮她下载安装一下。某一天有空，我就开车尾随他们去了。

房子就在游泳馆南边，看得出是一个高档小区。庭院不大，房子不小，房前屋后花花草草的，很宜人。房子买了好几年了，一直闲着，去年9月他们才从印第安纳州搬来，就图这里方便：对面是MEIJER（梅杰）超市，左边是OSF医院，右边是游泳馆，生活圈不出3分钟车程，太方便了！夫妇俩准备在这里养老了。告诉我，不愿意住养老院，两人每年需近10万美金，不如住自己家里，现在还能动，身体都没什么大毛病，老先生只有角膜炎，91 岁了，很硬朗。老夫人身材娇小、体态轻健。最重要的，女儿女婿的家就在附近，开车 5 分钟。

坐定，我才知道，老先生原来是美国著名的经济学教授 Z 教授。

Z 教授是印第安纳州立博尔大学经济系终身教授，广东普宁人，1948 年在香港开始研究中国经济，1958 年赴美，已出版中、英、日文专著四十多本，论文近千篇。他在美国学术界卓然有名，《美国名人录》(*Who's Who in America*) 和《世界名人录》(*Who's Who in the World*) 均占有半版篇幅。

Z 教授小时候是个神童，8 岁开始写文章。他告诉我，1948 年他离开内地到香港，身无分文，卖文为生，本科毕业靠写文章出名; 1959 年赶上美国给香港知识分子的难民救助名额而来到美国，一年拿到硕士，两年拿到博士。在安娜堡和威斯康星都做过大学教师，最后在印第安纳博尔大学教了 40 年经济学。他著述等身，家里满坑满谷都是书。

他在中国台湾、大陆也十分知名，壁炉前台上摆着朱镕基总理与他的合影，还有郝柏村与他的合影。夫人英文名字爱丽丝，曾是语言学博士研究生，因为生孩子没做毕业论文，未得到博士学位。夫妻俩一儿一女，儿子是耶鲁博士，加州洛杉矶高等法院法官，女儿是芝加哥大学博士、医生。

67 年来，Z 教授专心研究经济学，特别是中国经济，笔耕不辍。

他告诉我，他的自传即将完成，还剩下最后两章。在美国教书育人一辈子，Z 教授最得意的是 1982 年出版的英文版的《中国经济发展与结构变迁》，被选为美国各大学教科书长达 10 年，至今热销网络书店；不久前又出新作《中国的经济发展，1950—2014：根本性转变与长期展望》。这是他学术上的封笔之作，酝酿长达数年，他形容自己现在的生活是“每日锻炼思考仍盼写作有所进展”。他真是活到老，写到老，怪不得身体精神都那么好。

转天，接到爱丽丝夫人的电话，请我到 Chinese Buffet（自助式中餐店）吃饭，他们的外孙和外孙女都学中文，想把我介绍给他们。我答应了。

见到了他们的女儿女婿一家四口。女儿女婿都是医生，外孙是耶鲁大学四年级学生，刚从印度回来，学的是机械工程。外孙女在宾夕法尼亚大学上大一，学的是经济，外公的专业。

来而不往非礼也，饭后把自己的两本汉语教材送给了他们，这是传播中国语言文化最好的机会了。老王卖瓜，自卖无人夸。这两本书随整套教材改版以后重印几次，这次出国带了几本。对于教书匠来说，编教材应该是本分，但我编的教材什么都不算，只好拿来“哄骗”一下外国不明真相的学生了。

6. L 女士

学院第 15 届 CNY（中国新年联欢会），出乎意料地成功，这是本年有得力主持 R 教授的结果。总指挥很高兴，在餐馆宴请大家。

我们几个坐总指挥的车，顺便到大学接一位老师 L 女士。她 30 多岁，浙江人，曾在美国工作 4 年，觉得这儿适合她，回国后辞了职来留学，读硕士，预备扎根。她租住一大学教授家，教授年近六旬，丈夫在英国工作，一人独居，所以把房子租出去了。

我们到了教授家门口，短信告知，等她出来。半天，又半天，终于出来了。身材微胖，面相看老，满面通红，情绪激动。上车看见我们，像看见了娘家人，眼泪汪汪如窦娥含冤，原来她刚才正和房东吵架呢！

她对房子很满意，一屋子古董家具，都是好木头。但是，房东对她很不满意，她不服，她说房东有病。“她有 OCD（强迫症）！她自己亲口对我说的。”

房东的强迫症状表现在如下方面：

1. 房东嫌她刷碗不对，不按程序：用洗洁精，泡水，刷洗，冲淋，擦干，放好。而是水一冲完事，脏。“机械，教条，死脑筋。”

2. 茶杯不放茶垫上，直接放桌上，桌面有划痕，古董家具受烫会变形，房东心疼。“太小气。”

3. 来客人坐沙发，不把随身携带的包放在进门处，塑料袋装的水果随手就丢沙发上，袋子漏水，污染了沙发。房东不留情面斥责她的客人。“霸道又无礼”，“真矫情！”

4. 经常用蒸汽熨斗熨衣服，屋里潮湿，怕熏坏了一屋子的古董木家具，房东限制她熨衣服。“可是我的衣服不熨怎么能穿出去见人？”

…………

种种“鸡毛蒜皮”，“都是小事，说出去别人笑话”，但是不合房东的规矩。双方舌战，愈演愈烈，几乎动武。她的英语应该不错。

她觉得“实在受不了啦”，“我不是白住你的房子，我是付了钱的，我买断了你房子的部分空间，我想怎么住，还没有一点儿自由吗?美国是崇尚自由的国家，你还是个教授，怎么能这样苛刻！”

多次吵架辩争，房东撵她立马走人，她说违反合同。是的，美国是契约国家，不能不讲合约。她准备再拖一阵子，因为还没找好下一家。她要继续和房东“战斗”，可是又担心每天嘟着嘴，不愉快，“太影响情绪了”。

我担心房东的强迫症会越来越厉害了。

她是到美国来学教育的。

7. 我的同屋

初到美国，为了让我尽快适应环境，上司安排我和露丝一起住。她是南美某国人，在这里教西班牙语。比我大五六岁，面目黝黑，身材高挺，以前是大学英语教师兼国家排球队队员。

她已退休，来这里 3 年了。她的大儿子在国内，已成家立业。二儿子在美国休斯敦，研究生毕业，找了美国妻子，定居了。小儿子刚研究生毕业，正在找工作，也打算在美定居。

据她说，学生时代，她曾经作为交换生来美国留学，住在卡罗家，卡罗担任学院领导时，帮助她申请到这个教职，那时她已离婚，正在找出路。

她生活节俭，小儿子需要她资助读书。她是个优秀的教师，并把这种优秀的品质用在待人接物上。她的穿衣风格，舒适简朴，在我看来很酷。我觉得外国人在夸奖别人的时候都不遗余力，我已经好多年不添置新衣服了，出国只是带了四季旧衣服，这些旧衣服，每天倒腾穿，都得到她盛赞，我常觉有点夸张。她大赞我的两件旗袍，这倒是新的，出国前自选料子量体裁衣定制的，预备中国文化活动穿。旗袍是国服，对身材要求高，我自觉五短不配，退而求其次，自适随意就好。露丝喜欢我的旗袍，我穿旗袍的机会很少，我有心送她，但她身架高大，我的衣服她穿不了。

作为 part-time teacher（兼职教师），系里开会，可去可不去，但她回回必到，兼职教师参会有钱，一次 20 美元。她的课都是大课，二三十人，教学任务很重，常见她备课到很晚，做教案，做 PPT（演示文稿），上网搜集资料。相比她，我的汉语课人少，小班，轻松。盖汉语难学，学生视为畏途，对于北美洋人，西语容易多了！

她一直没买车，住得近，不需要，上下班走路，购物坐公交，凭学院教师卡，可以免费乘坐市里任何线路公共汽车，很方便。这里的公交很准时，在每个站点都有时间表，到点车准来，算好时间出发，不必久等，只是冬季朔风割面、冰天雪地的时候，出门瞬间脸就麻木了。

在我之前，她和我的前任教师一屋。后者来自中国某大学，带着一个女儿，妈妈在大学工作，女儿插班中学读书，三人一起住，有一辆车。露丝一个人，正好帮忙照顾孩子，两人互相照应，姐妹情深。前任回国后，她想接手那辆旧车，后来未果，不知为何。

住了一个多月，我搬到了一居室独住，仍然离得很近，我们办公室相邻。

8. 毋庸置喙

Curiosity changes the world.（好奇心改变世界。）人类探索宇宙奥秘全靠好奇做始发力。窥隐之癖似乎颇含贬义，其实它的出发点来自好奇。久在樊笼里的鸟儿，最渴望外面的天地，一旦自由，天长日久不新鲜，难免又觉得失意，因为得到的总是不好的，理想在心中也没有底线，就像这首小诗：

Good, better, best,（好，更好，最好，）
Never let it rest.（永远别停步，）
Until good is better,（直到好变成更好，）
And better best.（更好变成最好。）

每个人都有自己的活法，怎样算活得好呢？自开放以来，“海外关系”“美籍华裔”“旅居欧美”“绿卡”“移民”，这些字眼闪耀金光，引得人们好奇。

昨天游泳，在桑拿房，遇见了 Z，一位七八十岁的台湾老太太。

早年夫妻二人来美，读书，成家，先生博士毕业回台湾，她因故未与先生同回，从此天各一方，会少离多。

她没有孩子，一人独居一座大房子，那个小区我曾去过。有湖，有小高尔夫球场，风景甚美。她的房子上下两层，门窗紧闭，屋里一股樟脑味道。后院很大，种了小葱、韭菜、胡萝卜等。

中国老师R博士一家三口租住她楼上一间。R的先生，也是博士，我母校的教授，利用半年学术休假的机会，过来陪妻子孩子，是个好厨师。夫妇极有修养，自律自持，儿子9岁，聪明可爱，在这里上学。R本可住公寓，但是为了孩子上学近便，又可体验"美国别墅生活"，搬来和老太太住在一起，吃在一处，相处融洽，俨然一个和和美美的家庭。

老太太告诉我，她来健身馆参加健身操班是为了减肚子，因为"最近吃得太好，太高兴，长肚子啦"。这是她第一次来这里锻炼。

老太太也是活到老，做到老，至今还在中文学校教小孩子，是"为了打发时间，也是传播中华文化"。华人爱国，凡有微力，力所能及，都不吝尽之。

想起多年前另一同事。她的先生因工作关系常驻国外，好事者有言："她丈夫是非常艺术的一个人。"因为身为男子，长发披肩平时束成马尾，这是开放之初少见多怪者心中艺术家的做派。其实蓄发原因有很多。有人告诉我，有些男人在国内一贯短平寸，一出国门摇身一变成了吉卜赛，其中有入乡随俗之故，也是嫌国外理发既麻烦要预约又太贵，是人工贵，并非发型高绝独特宝贵。

先生常驻非洲了，同事就辞了大学的工作去了欧洲，在意大利某大学，签了三年合同。以后怎么办？以后再说。据她说，有一对夫妻，40多岁，不要孩子，就在西方各大学教汉语，联系到某国某所大学，就到那里教书，工作之余旅游，几乎游遍了全世界，“非常好”！这样的例子很多，她也要步后尘，因为人生苦短，婚姻就是一张纸，孩子大了，已经单飞，自己人到中年，该为自己活了。

每个人都有自己的生活形态，外人毋庸置喙。想起庄子与惠子的濠梁之辩。

幸福感也是自己的，与他人无关，快乐在内心，所谓Inner Happy是也。只要自己觉得好，就是好的。但是鼻子底下的这张嘴，我们常常觉得应该物尽其用，况且哲人说，我们总是需要别人的认可，这使我们心理上得到满足。

9. 老同学

是初夏某天，周末上午，突如其来一个电话:“是徐老师吗？”

“我就是，您是……”

那边并不马上自报家门:“猜猜我是谁？”

立刻警觉，这是骚扰电话或诈骗电话，这类电话我接得多了。

不敢得罪，怕以后没完没了骚扰，就应付:“猜不出。”

“再猜！”

“还是猜不出。”

“再猜猜！”那边口气坚定急促。

一口咬定就是“猜不出”了，我准备挂电话，那边说话了:“我是文迪。”

“哎呀！”轮到我吃惊了。

文迪！真没想到，今天是个好日子，电话里听到了久违的声音。

我们是发小，小时候好得“穿一条裙子”，借用一位同窗的话就是“她俩整天死在一块儿”。

30多年前，高中毕业上大学，我们各奔南北。第一次放假回家，即同床夜话。半年没见了，真想念啊，那时候又没有微信，那时候什么都没有，只有说不完的话，嘁喳嘁喳嘁嘁喳喳，如今都随风飘去了。

后来，各忙各的，再后来，结婚成家，知道她在上海，后又去了加拿大，再后来，就像风筝断了线了。

如今她在欧洲，也做汉语国际推广工作，我们竟然是同行了！可见贤者多能此言不虚，她什么都能做得好。她告诉我，教汉语4年了，工作完成，今年暑假就回国。伉俪二人都供职上海高等学府。教书轻松，业余打理自己的事业，先生Y博士年轻时风度翩翩，如今人到中年，更成熟稳健了。

前时，文迪从欧洲来美探女儿，住东部波士顿，离我远，我上课，不能见面，微信聊天，煲了好几次电话粥。都是年过半百的人了，说起小时候，不胜唏嘘，我们的青春小鸟一去不复返了！

文迪长得好，健美俊俏，学生时代是众多男生的偶像。记得她的仰卧式跳高，起步颠一颠脚，一阵助跑，轻松一跃，就过了杆子，稳稳地躺在垫子上了。

更记得高中时候，某老师看上了她，现在看，老师文质彬彬，很不错的，可是，那时候我们都年轻，年轻得十分聪明，聪明得什么都懂，况且他“又是老师，是那一部分的”，非我族类，怎么能……？老师一表人才，一片痴情，但是，但是，虽然文迪青春妙龄，奈何一心向学，心无旁骛；老师热情如火，痴追不舍。有一次，不知道怎么回事，他竟然追到我家里，我那时一定是想证明自己真的

“聪明”，哲人说，人类的自制、自教是永不可能做到的事，更何况我那么年轻。我守住大门，死活不让他进，把他一顿抢白奚落。

爱而不得，搔首踯躅而已，他不恨，但半路杀出个程咬金，使他怒从心头起，恶向胆边生，他一定恨死了我！我本来人缘就不好，这下连老师都恨了。

是呵，吹皱一池春水，干卿底事？然而，那个时候我真“二”！北京话的“二 ”你懂的，自从我进了编号为“4842”的荣誉大集体之后，我就更“二 ”了！真怀念那些永不再来的“二”的岁月呵。我并没有看过金庸的武侠小说，现在也没看过，不知道哪里来的一股侠义之气，要为朋友两肋插刀，铤而走险。一晃几十年了，如今想起来不禁莞尔。

不知道老师如今怎样了，算来快 60 岁了吧？家乡俗语“山易改，性难移”，人的秉性是天生的，如今我马齿徒增，依然很“二”很“二”。亲爱的老师，原谅我吧。

这些年，文迪全凭真本事，个人奋斗，从家乡农村中学一跃进了上海高等学府，其间过程她没细说，我也不知道，但是我知道她真能干，家庭美满，事业有成，女儿貌美如花，在美国留学，新近结婚了。真为她高兴。

哲人说，谁要在世界上遇到过一次友爱的心，体会过肝胆相照的境界，就是尝到了天上人间的欢乐。很幸运，我曾有过这样的欢乐。

朋友还是老的好。

10. 复活节

复活节，罗杰邀我去他家。

这是我第二次去了。早上 8 点半开车出发，有谷歌地图引导，根本没用雪莉写的那张路线图，45 分钟很顺利就到了，提前了一会儿。在楼下略停，按门铃上楼，罗杰已候在电梯口。进家门，把准备好的一束玫瑰送给雪莉，她笑意盈盈，立刻找出花瓶插上了。

10 点，罗杰开车，载雪莉和我去教堂。此教堂高大宽敞，阳光透过华丽的彩色玻璃窗，十分亮堂，罗杰说这是本地最佳教堂。

美国房子一般木板建造，我亲见公寓西边两幢木板房从无到有拔地而起，看着觉得头轻脚轻根底浅。但是，美国的学校、医院和教堂，都是质量上乘的建筑，砖头混凝土，结实坚固。

教徒都是白人。雪莉把我——“罗杰的中国老师”——引荐给她的朋友和邻居们。我认识了一大群亲切热情的美国人。这些人每个礼拜日到教堂，听布道，唱圣歌，反省自我，给疲乏劳累一周的心灵洗个澡，顺便见见邻居、朋友，不思名利，只关精神，这样的生活方式是绝大部分基督教徒的样子。

教堂的一排排椅子，后背木格插放着一本本圣经、圣歌。开始了，人手一册，牧师讲话布道，大略是有关复活节的故事。

一群孩子坐在讲坛上，围成一圈，听一位女士朗读《兔子邦尼和复活节》。

接着，牧师麦克，也是罗杰的好朋友，上台，全体起立唱歌。虔诚、庄重又和乐。

仪式结束，雪莉拉我和几位头上戴着兔子发箍的太太们合影留念，这些都是她的好朋友。复活节兔子，据说源自德国，因为兔子繁殖力强，象征旺盛的生命力。这些太太们戴“兔子”，是复活节的特色，我看着很好玩。

众人在休息室吃点心，聊天。又认识了许多人，点头如捣蒜，握手，寒暄……其实说认识，我转脸就忘了，都是高鼻深目、肤白发黄，我抓不住洋人的特征，一如他们看我们，黑发黄脸吊梢眼，仿佛一个模子刻出来的。其实哪有什么模子？《风俗通》载，当初女娲把黄土抟成团，造了人，她干得又忙又累，为了提高效率，拿一根藤条投入泥浆中，长鞭一甩，泥浆洒落地上，就变成了一个一个我们！

三人回家。临走，雪莉从讲坛前的大花篮里抽了一枝迎春花，说“把春天带回家”。

中午聚餐，雪莉做了丰盛的节日大餐。客人陆续来到：牧师麦克（太太黛安感冒了怕传染没来）、乔伊（白人独身女士）和她收养的中国女儿安娜，最后一位是C博士，父母都是台湾人，在美国上的中学。她40岁左右，麻省理工学院毕业，在欧洲比利时留过学，有材料、工程、国际贸易等五个学位，现在皮奥利亚一个医院，跟一中国医生课题组做干细胞培养研究，治疗癌症和关节炎。

隔几天，收到一封信，夹着一张照片，是与“兔子”太太们的合影，已经装帧好了，摆在桌上就是一个相框，是其中“一只兔子”给我的礼物。

美国人的人情，惠而不费，但是很用心，也暖心。

11. 莎拉花园

1839年，一位名叫大卫·戴维斯的年轻律师，带着他的新娘莎拉，从美国新英格兰地区的马萨诸塞州，来到小镇定居下来，一住40年，在这里，两人建造了一个优雅美好的维多利亚宅园。

这座19世纪的住宅，是林肯总统早年经常造访之地，如今是聆听林肯总统故事的最好场所。在这里，法官大卫·戴维斯辅佐林肯成为美国总统，对林肯政治生涯产生至关重要影响；在这里，大卫·戴维斯从一个巡回律师变成了美国最高法院大法官，他和林肯总统保持了长久的友谊。

住宅内部，是维多利亚时代的家庭生活场景，19世纪中期的典型装饰风格，还有我们现在认为理所当然，然而在当时奢侈稀有的科技便利在生活上的运用。

屋外，就是著名的莎拉花园。

这个花园是个国宝，非常罕见，珍贵。最难以置信的是，它不仅是复原，同时是过去真实生活的再现……

——斯科特·K（Scott K）

莎拉花园在小镇独一无二，在整个美国中西部也数一数二，因为它取法17世纪意大利的经典园林和18世纪英国的上等花园，对新大陆而言，独特，原汁原味，在同一位置，同样设计，走道，花坛，都保持欧洲原样。现在，还能看到至少有7种原生植物是1872年莎拉创建时种下的。

莎拉热爱自然，热爱花园。从马萨诸塞老家，她带来了新英格兰地区的各种植物，有的是跟朋友和家人交换的，有的是从杰斐逊的蒙蒂塞洛庄园（Jefferson's Monticello）想办法得到的，还有从当地苗圃购买的，或从周围林地里搜集的……不一而足。她在1865年3月19日写给朋友的一封信里说：

上周，我种了大量的一年生草本植物，因为地里很干，太阳晒得很热，我把家里每一块能用的玻璃都用来盖我的花坛了，甚至把地下室的窗户也卸下来。如果这些种子不发出绿芽来，我会很失望的，因为我已经竭尽全力了。

如今，这座独特的、有140年历史的花园，是当地旅游局的重点保护对象，政府特立牌匾、路标，以便游览参观；倾注了大量人力物力，修复，再现。修复的人力，全是园丁志愿者，89

名专业园艺硕士，5300 小时的工作，持续 5 年时间。修复花园、购买种子化肥等用品的资金，来自每年举办一次的花园节活动。2010 年的复建，用了花园节赚的约 1.5 万美元。一切收支来龙去脉，账目清清楚楚。莎拉花园多次赢得园林比赛奖、州长杯决赛奖，志愿者的辛勤劳动得到了嘉奖。

花园对公众开放，恢复原貌的工程，给莎拉花园每年带来约 5 万名参观者。在这里，游客可以了解 19 世纪欧洲园林景观传入美国的状况，了解历史，学习园艺知识。它与政绩工程毫不相干，这是一座小的植物园。

12. 教堂一日

梅根和丈夫柯利有四个孩子，一女三男。大女儿玛雅 13 岁了，老二老三是双胞胎儿子，老四男孩，8 岁。另外，他们还收养了一男一女两个中国的残障儿童，分别是 5 岁、4 岁。

梅根有中国情结，她想要一个中国名字。我见她一双湖蓝色的眼睛，清澈透亮，遂起名柯美清，出自《诗经 · 齐风 · 猗嗟》："猗嗟名兮，美目清兮。"

每个礼拜日，柯利开一辆中型旅行车，带着六个孩子和两个中国老师去教堂做礼拜，风雨无阻。中国老师是国内某大学的访问学者，来做研究一年，是我邻居，力劝我去开开眼。我不信教，为了见世面，跟着去了。

教堂位于小镇东部，很大，外观平实。礼拜堂、饭堂、休息室、学习室、衣帽间、卫生间，一应俱全，方便舒适，满足教会一切活动需要。

礼拜日的活动分两部分，孩子们先在周日学校（Sunday School）教室跟着神职老师学圣歌，唱圣歌，大人在大礼堂听牧师布道，祷告，冥想，间或唱圣歌。

我们先跟孩子们一起听了一会儿课，一位年长者正讲上帝的故事，阐发基督教义，信或者不信，怎么做信徒……有一个小孩子爱说话，老举手打岔，长者不以为忤，耐心应对。

我们到一间小屋，柯利拿来《圣经》，人手一本，他选一章讲述，我们讨论，我讲到罗杰告诉我的一件真事：

牧师麦克和妻子黛安在网上看到一个卖旧自行车的广告，想买，决定先去看看实物再说。他们开车到了卖主的住处，在附近找个地方停下车，走向卖车人的房子。突然，从树丛中冲出来一个黑人，穿黑色兜帽衫，带着面罩，手里拿着枪！

“把你们的钱全部交给我！”

你能想象吗？牧师身上只有 1 美元！歹徒抢了这 1 美元，又夺走了黛安的手包，逃之夭夭。

他们报了警，黛安说包里大约有 50 美元，包本身值 40 多美元，但是包里有信用卡、家门钥匙、车钥匙等私人物品，后患无穷。警察认为抢匪一般的做法是：把有价值的东西比如钱拿走，然后把包扔掉。警察搜寻了附近区域，一无所获。信用卡可以停用，但是换家门钥匙等，需要花一大笔钱，真是天大的麻烦。

我讲了这件真事，然后我问：“当是时也，上帝何在？”

我尊敬基督教，但我似乎是在抬杠了。

柯利想了一会儿，说：“It’s hard to say, but might be a test for

Mike I think."（不好说，我想也许是对麦克的考验吧。）

信仰可以使信徒内心安宁，却不能阻止别人犯罪。

中午吃饭的时候，看见了梅根的 8 岁小儿子 Sean（尚），他把自己的课堂作业交给妈妈。我们看，画面近处一个人，一只气球从天而降；远处一群人围着一个人，一只小气球。

什么意思呢？孩子说：一群人围着一个人的时候，上帝和他讲话，他听不到；一个人独处的时候，他可以和上帝讲话了。原来那不是气球，是上帝。

忘了谁说过："人在孤独的时候才能听到上帝的声音。"孩子用简单的画面表达了自己的思想，基督徒的信仰就是这样从小培养的。我问他："你为什么画这个呢？"孩子说："因为世界是黑的，上帝从天上看见，我们的地方是黑色的，他要和我们说话，这样我们就不会在黑暗中了。"

今天教堂的人格外多，有一对新人结婚，在教堂举行仪式。新娘艾米，29 岁，新郎托菲，阿塞拜疆人，在大学读硕士。俊男靓女一对璧人。婚礼仪式在下午，大家坐好，见新郎托菲领着一队男子鱼贯而入，统一着米黄色西服，站在前排右边。接着一队绿色长裙的女子次第而来，站在左边前排，最后新娘入场，曳地白纱长裙，婷婷袅袅，翩翩若仙。

教堂结婚的仪式，简单庄重肃穆。牧师主持，致辞，新郎新娘盟誓，众人见证。艾米的爸爸讲话，充满感情。讲女儿的成长，他理解的婚姻，两个人的生活……

“艾米……”，“艾米……”……

洋爸爸嫁女，心里的滋味和中国父亲是一样的吧，可怜天下父母心。

一切仪式，都是必须的，这是永久的记忆，是永远的提醒。

13. 擦肩而过龙卷风

美国中西部大平原以龙卷风闻名。据报载，过去 50 年，在本地 11 月间共发生 68 次，大约每 7 年大爆发一次。龙卷风来时，风力达 267 至 322 公里 / 小时，足以摧毁坚固的房子和疾驰的汽车。

早上 10 点整，刚说一句："Now，class begins..."（好，现在上课……）突然，教室广播传来紧急通知：

"May I have your attention, please?"（请注意！）

"May I have your attention, please?" ...

侧耳细听，哦，不得了！龙卷风来啦！要求全体人员立刻离开教室，到走廊躲避。

在日本时，常遇紧急避难情况，好端端的，突然，桌子、椅子、地面"嗒嗒嗒嗒"震颤摇晃起来，那是家常便饭的地震。自然灾害无处不在，地球非天堂。

跟着学生们出来，集中在一层中间楼道里，这是指定的龙卷风避难场所，远离玻璃门窗，远离边缘地带。

走廊上人头济济。安德鲁告诉我，龙卷风来势凶猛，足以摧毁一座城！去年，路易斯安那州某镇就遭了殃，他边说边给我看他手机上存的图片，真是触目惊心。伊利诺伊州某一次龙卷风，扫荡袭击之后，房屋屋顶掀去，加油站顶棚吹倒，汽车前灯随风而去，大树连根拔起又从天而降，夺去数命，上千房屋受损，一片狼藉，接着，暴雨冰雹来袭。龙卷风光顾这里多在春季，有时秋季会卷土再来一次。

作恶多端的龙卷风是怎么产生的？

通常是一个阳光明媚的春日，空气湿得化不开，俄顷，一股恶风从大湖区吹来，压抑阴冷，两股势力——北方来的干冷空气和墨西哥湾来的温湿气流，交汇，互放“光亮”，再加上第三者——大湖区北来的低压冷空气系统，横刀插入，三种势力合力酝酿发展，形成旋涡漏斗，不断加强，高空气流旋转飞驰，在广袤的大平原上，所向披靡。

静静地等。内心忐忑。

走廊人多但很安静，远远地看到了露丝，我刚来时的同屋，她天生一头黑色卷发，如瀑布倾泻而下，散落肩头，今天用一根宽宽的黄色发带束扎起来，配合她黝黑的肤色，鲜艳夺目。彼此点头一笑，行了个注目礼。

大约 10 分钟，“平安无事喽！”广播响起，警报解除了，长出了一口气。

回教室继续上课。

俄顷，大玻璃窗外飘起了鹅毛大雪，纷纷扬扬，飘飘洒洒，蓦地想起今天已是3月1日，春已至。乍暖还寒，冬天仿佛恋恋不舍，又回来了。

下课时，雪已经转成冻雨。寒风凛冽。

开车回家，车头蒙着厚厚的冰壳。

14. 湖畔做客

人文学院系主任是我的洋上司，六七年前从加州应聘这里。她在加州工作多年，厌倦了那边日益严重的污染、拥挤、高消费，来此地，有归园田居之意，在学校西边的莫顿小镇买了栋房子。

周六下午 4 点半，中国项目组一干人，坐大巴校车，去上司家做客。

一路极顺畅，40 多分钟到达。这样看来，系主任上下班来回开车近一个半小时。这在美国很平常。对于美国人来说，这样的车程不算什么，正好利用这段时间一人独处，放松一下。路顺车少，车速很快，车内广播电台、调频音乐，无所不备。

我在北京时，家离学校不远，上班开车几分钟左右的路程，奈何无日不堵，越来越堵，常常坐在车内，闷着，郁着。近则近矣，委实不爽。

到了宅前，见路边停了四辆车。后院临街，一棵大树，合抱粗细，枝叶浓荫，花草覆地，错落有致。我们被其妹接待，沿房子东侧便道进入前院，见一中年男士（其妹夫）腰系围裙正烧烤热狗，两张长条桌，已经摆好吃食，杯杯盘盘，蔬菜、水果、奶酪、甜点，十分丰盛。

房子在高处，南向面湖而建，院子就是一大片宽广的坡地，直达湖畔。湖不很大，但视线极好，湖里两条小船，系在码头边，似正等待客人上船。此时夕阳斜照，光线正好，湖面波光粼粼，天上白云飘飘，美极了。

时值深秋，凉意渐深，系主任一身蓝色运动装，外加蓝羽绒背心，合体随意，也许刚锻炼完。她站在山坡下面，介绍家人，妈妈、丈夫、妹妹、妹夫，组成今天的接待团队，交代注意事项，划船的安全……亲切细致，足见她对中国项目的重视。

人群散开，拍照、上船或湖边漫步。须臾，告知晚餐开始，排队进餐：自助模式，一次性盘子餐具，先来一点儿蔬菜沙拉，一点儿薯片，一勺热焗豆；然后，另一张桌子：一勺土豆泥，一片酸黄瓜，自己拿一个热狗面包，掰开，排队前行，等主人放进去刚烤的香肠，然后分散各处，放口大嚼。

吃完，继续赏景，拍照，分期分批登船，绕湖一游。

天光渐暗，篝火点燃，系主任手持铁叉，在烧一大块棉花糖。这是美国人烧烤 party 的传统吃食。她烤好，示意大家这样吃："一大块饼干一折为二，夹一片牛奶巧克力，把棉花糖放进去，OK! Delicious!（味道好极了！）"

天黑了，燃起南瓜灯。码头上一盏，湖边三盏。气温下降，大家在篝火旁坐下，围火叙话，系主任姐妹唱了几首英文歌，气氛渐趋活跃。过一会儿,系主任又回屋,拿来一大一小两只非洲鼓,踩着鼓点,大家开始转圈跳舞。这一帮中国老师都是三四十岁的年轻人,觉得节奏不快,鼓点不足劲舞,一壮男指着系主任跟我耳语:“彼可取而代之。”我鼓励他,他跃跃欲试,系主任求之不得。壮男底气十足,慷慨激昂敲出快节奏,估计棉花糖吃得不少。气氛越发活跃,乱了一通,又坐下少歇。猛不丁上司点名,让我领着唱歌,毫无防备,脑子卡壳,有人提议:“两只老虎!”好吧:“两只老虎,两只老虎,跑得快!跑得快!一只没有尾巴,一只没有脑袋,真奇怪,真奇怪……”直唱到“天边飘过故乡的云”,大家击鼓传花,轮流献唱。良久,篝火慢慢萎暗了。

夜渐深,曲终人欲散。且慢,主人还有好东西!系主任示意大家鱼贯进屋,领取礼物,这是她妹妹的手工绝活,一大藤筐手工香皂,花色丰富,制作精美。每人自选三块,妹妹在旁,赐精致小袋,放入香皂,用丝带扎好——天下最好的礼物!

宾主尽欢,拥别。

归途无路灯,天上有一轮明月。

15. 中美情缘

——为 2016“汉语桥”比赛而作

多年以前，北半球最美的秋天，中国女孩杰西卡，作为交换生，从南京来到美国中西部小镇的一所中学，插班上高二，她 17 岁，住乔伊家。

乔伊，白人，独身，和养女安娜一起生活。安娜是她在中国孤儿院收养的弃婴。9 岁的安娜知道自己身世，她很抵触，不承认自己是中国人，在学校也无归属感；在家里，和养母别扭。杰西卡住乔伊家，或许是校方的特意安排。

故事开始了。（这都是真的）

小安娜跟着新来的“中国姐姐”杰西卡，一起生活，如影随形。“就像我的影子，一回到家，寸步不离。”杰西卡说。是啊，都是中国人，黑眼黑发黄皮肤，同一族群的天然亲近感，让她俩越来越亲密。姐姐在学校表现优秀，得到很多荣誉，安娜见贤思齐，各方面不知不觉向姐姐学习。嗯，她真聪明，嗯，她真优秀，她是中国人，我……安娜开始改变，仿佛杰西卡推开了她紧闭的心门，一缕阳光透进来，心里清亮了，脸变柔和了，养母乔伊释然了。

乔伊的老邻居，是罗杰和雪莉。这对夫妇是乔伊的好朋友，都年过七旬，毕业于伊利诺伊卫斯理大学音乐系，是本地音乐家。夫妇没有孩子。看到乔伊一个人忙不过来，就分担照顾杰西卡。征得学校同意，杰西卡住进了附近宿舍，每周到罗杰家，洗衣服，吃一顿饭。罗杰、雪莉有了中国孙女，杰西卡有了美国爷爷奶奶。这是一个温暖的新家。

高中毕业，杰西卡想在美国上大学，在罗杰的帮助下，她顺利考上了当地大学。

大一暑假，杰西卡回国探亲，带了安娜。安娜要到中国找自己的亲生父母，她们到了成都，去了孤儿院。安娜没有找到父母，但看到了自己的出生地，她知道这里是她的根。

大学期间，罗杰教会了杰西卡开车，她的生活自理能力很有长进。大学毕业，找到工作，杰西卡搬到了芝加哥。

虽然离开了罗杰、雪莉，但是每周杰西卡要向爷爷奶奶通报情况。她一点儿也不孤单，因为美国有家。万里之外，杰西卡的中国父母，内心充满感激。

在芝加哥工作一年，杰西卡在上海找到另一份工作，“我想趁年轻，多体验不同的环境、文化、生活”，她回中国了。

春节到了，最重要的节日，亲人团聚的节日，杰西卡又想家了！她想美国的家，想罗杰、雪莉。美国中国，他乡故乡，对杰西卡来说，都一样。爷爷奶奶，你们来中国吧！

杰西卡和爸爸妈妈，盛情邀请罗杰、雪莉到中国旅游。罗杰因为腰伤，不能久站，只雪莉一人，到中国来了。

投桃报李，衔环结草；滴水之恩，涌泉相报。这是良善中国人的处世之道。三个星期，杰西卡、爸爸、妈妈，全程陪护雪莉，带着她，游上海，吃中餐；去南京，见家人；到杭州，游西湖；飞西安，看兵马俑、走城墙……

饱览中国山水风情的雪莉，说起中国之行，笑靥又甜又深。这个满头银发的德裔老太太，五官端丽，眼如碧水，一口美国中西部标准音，十分悦耳。她专门做了精美的相册，永久保存这份盛情厚意。

故事还在继续……

杰西卡又回美国了。她现在工作在加州，住圣地亚哥，每周和罗杰、雪莉通话，圣诞节回家和爷爷奶奶团聚；复活节不能回，过生日，杰西卡缺席，罗杰、雪莉依然开了一个大派对，请了朋友，给她过隆重的生日会，妹妹安娜做了精美的蛋糕……安娜，这个中国出生、美国长大的女孩，如今也17岁了，东方面孔，眼梢微翘，沉静大方中带着西方神韵……

为了和孙女沟通，罗杰开始学习中文。他早已过了从心所欲之年，而汉语又是“那么难”！可是老罗杰横下一条心，“虽千万人，吾往矣”！

路漫漫其修远，他制定了第一个“五年规划”：先上中文学校，粗通拼音；接着一对一，跟着孔子学院的专业汉语教师，开始系统学中文……

罗杰说：我对第一任老师说，我永远不要写汉字。I will never do that. Now, you see, I love it!（我永远不要写汉字。现在，你看，我爱上了它！）写汉字成了他的下午茶。他爱上了中文，并痴迷汉字文化。在罗杰眼里，汉字不是字，那是一幅幅画！学汉字，是在欣赏中国画；写汉字，是在纸上打太极。罗杰是个音乐家，他有良好的艺术通感。

暮色苍茫中，老罗杰凝神定气，展开宣纸，饱蘸徽墨，写着日、月、山、水……那是新的东方图画，氤氲中明朗的太阳，一弯新月，蓊郁的山，蜿蜒的河……

16. 夕阳山庄园

我的上司加入了全美优秀女教授协会，这是一个开放式组织。某一日，适逢协会在本地首富庄园联谊活动，蒙上司赏脸，我忝列末座，一窥美国中西部双城庄园盛景。

尤因庄园今为尤因文化中心

庄园坐落双城东部，有一个美丽的名字——夕阳山。占地 60 英亩，原主是巴克·尤因和戴维斯·尤因夫妇。这座美丽的建筑是 1926 年夫妇周游世界各地回到美国后旅游灵感的结晶。

庄园聘请本地名建筑师菲尔设计建造，他曾设计斯普林菲尔德林肯纪念堂。采用后维多利亚时代颇受青睐的建筑风格，线条流畅、多塔，类似教堂。主客厅天花板采用木梁和混凝土梁，混凝土梁当时为罕见新材料，但戴维斯·尤因先生拥有混凝土公司，此一豪举实属必然。庭院景观精心规划，住宅的弯曲小径，可看日出，可观日落，因此，住宅命名夕阳山，也体现了尤因夫妇崇尚自然的品位。

尤因庄园大宅

庄园是一个社交文化活动的高尚场所。主体长方形，相当长，大楼两侧许多窗户，房间明亮，外观辉煌，内部舒适。自大厅一层盘旋而上的紧密的螺旋楼梯，具有晚期哥特式和早期都铎王朝时期的特色。

主楼层有宽敞的客厅、镶板的图书室、日光室、用餐室，庄园的厨房设备齐全先进，完全满足大厨的各种要求。较低的楼层，原是游戏室，也适用于会议、讲座、宴会，可同时容纳80人的观众式座位或50人正餐就座。

庄园1927年开建，时夫妇刚结束一年之久的环球旅行，于1928年建成。戴维斯·尤因先生在此居住时间甚短，两人于1931年离婚，此后巴克·尤因夫人和她的一生闺密朱莉娅·霍奇住在这里，长达30年。

巴克·尤因夫人1880年12月25日出生于美国俄亥俄州克利夫兰市，其父为商人。她在芝加哥大学受到正规教育，学的是哲学。1907年和戴维斯·尤因结婚。戴维斯1899年创立混凝土公司，其祖父是小城市长。巴克·尤因夫人天生是慈善活动家，毕生热衷环保、文化、政治和妇女事务，一生慷慨豪举无数，为社会文化教育慈善事业做出了巨大贡献。

1969年，巴克·尤因夫人去世。她把住宅捐赠给伊利诺伊州立大学基金会，作为文化交流中心。

紧邻北部庄园，建有尤因剧院，由伊利诺伊州立大学基金会拥有并经营，是本州夏季莎士比亚戏剧节的大本营。剧场开放结构，430 个座位，其中包括残疾人座位。剧院可出租给社会团体作表演活动。

1982 年，庄园新增森山日本花园，2007 年又添吉纳维芙绿色花园。在相对繁华、热闹、喧嚣的双城，这里成为一处宁静的乐园，常常举办本地各种季节庆典和展览。花园的走道、绿植、照明等设施，供人们放松、沉思。花园按照季节更替，精心布置各种珍稀花卉。自然之美，尽在夕阳山。

室内有一镇宅之宝，那是制造于 1700 年的荷兰老式落地（Longcase）大钟，早于美国建国！这个古董大钟 96 英寸（约 2.4 米）高，黄铜制造，因年代久远一度停摆，后经维修复活，幽远的钟声成为游客们徜徉山庄的优雅伴奏乐。

美哉，夕阳山！

建于 1928 年的牌子

PS（题外话）：

那天下午，我先在IWU（Illinois Wesleyan University——伊利诺伊卫斯理大学的缩写）参加国际文化节推广活动，完事以后，时间尚早，就在路过的夕阳山庄又转了转。这座美丽的宅院如今成了街边一景，属于大学，大门敞开，路人可自由出入。房子的墙上钉着一块牌子：

赠给街坊的礼物。1928年麦柯莱恩县老房产。

说得真好。

17. 罗杰学汉语

老罗杰迷上了学汉语、写汉字。

当初，为了和中国孙女沟通，他开始学习汉语，在中文学校入门以后，转成一对一学习，从此和中文结缘。

听听他自己说：

这一切都始于2007年，杰西卡从中国来到这里。听杰西卡说英语说了几个月之后，我觉得我学会说一些中国话才是公平和适当的。

我做了一些研究，并在网上发现，汉语有许多双音节词，不像有很多多音节词的英语。另外，当我参加中国人的农历新年庆祝活动，我听到母亲对小孩子这样说：

“走到这里来。”

“坐在这个椅子上。”

“把你的上衣脱了。”

汉语原来这么简单，我是个聪明人，汉语没什么难的！

可是，第一节汉语课，我花了大约一顿饭的功夫，意识到学汉语可不是在公园里悠闲散步。

第一位汉语教授（罗杰的用词，教师就是教授）程老师，向我介绍了读和写中国字，我当时就告诉她，我是绝对不会写任何字符的。但她并不介意，只是不停地在黑板上写字，并要求我跟着写同样的简单字符：一　儿　三　人。

然后，我有了第二个教授——范老师，一个很好的教授。她回中国后，我发现我已经被汉语“勾”走了魂，特别是汉字，我每天写，我真的很喜欢这样做。

然后第三个教授来到了 HCC 学院（哈特兰德社区大学，Heartland Community College 的缩写）。就是我现在的汉语老师。

我觉得自己很幸运，有这样耐心的老师们来指导我的汉语学习。我现在不再是为了和杰西卡交流而学汉语了，我是为我自己而学。汉语和中国文化令我如此着迷。

如今老罗杰信心满满，每周三下午开车近 50 分钟，从皮奥利亚赶到学院来学习，风雨无阻。

“开车这么长时间，您不累吗？”

“一点儿也不，对我来说，这是享受。”罗杰实话实说。

上课第一件事就是交作业，拿出一大摞汉字书写作业，让老师检查评判，接着是听写，罗杰就像个小学生，像个信徒，虔诚地对待老师布置的学习任务。

有时，因为某一笔画写得不到位，因为某个字倒插笔，因为某个字漏掉了笔画被指出来，这时候，身材高大、外表静穆的老先生目光柔和，提出抗议：You are hard!（你太严格了！）

当然，他并不生气，他是开玩笑，他希望老师严格要求：You push me a lot!（你推了我一大把！）

在写汉字的路上，罗杰已经渐入佳境。

下课了，罗杰收拾好自己的旧公文包，现在是他的书包，里面装着字典、词典、花镜、笔、本，冲老师微微点点头，“谢谢，再见！”转身走入夕阳的余晖里……

18. 老庄园酒店

在双城中心一大片树丛里，有一个安静的街区，藏着V大厦，这是双城一个度假酒店，以私密、低调、舒适闻名遐迩。这座百年老庄园，是朱莉娅·斯科特·富文（Julia Scott Vrooman）的遗产。

1859年，马修·T．斯科特（Matthew T. Scott）和朱莉娅·格林（Julia Green）结婚。婚前，马修就在附近小镇购买了1300英亩的耕地，婚后把家安在那里。马修是成功的商人，社会名流，太太朱莉娅·格林社会关系显赫，其姐姐利蒂希娅，是美国副总统夫人。

1873年，马修夫妇在本地小镇购买了拥有17间房的老宅子，作为他们的家。1900年，由亚瑟·皮尔斯伯里设计，重新建造，增加一间房。1891年马修去世后，朱莉娅继续住在这里。她继承了丈夫的事业，管理着8000英亩农田、家庭煤矿，还在两届美国革命妇女组织美国革命之女（The Daughters of the American Revolution）服务，直到1923年去世。

朱莉娅·斯科特·富文，是马修和朱莉娅的第二个女儿。

1876 年出生在这里。她把富文大厦（Vrooman Mansion）叫作自己的家，她生于斯，长于斯，1981 年在这里去世。

贵妇朱莉娅·斯科特·富文一生养尊处优。丈夫是卡尔·富文，两人在法国的里维埃拉相遇。朱莉娅说，她“一生中最难忘的时刻，是卡尔在意大利威尼斯的一只独木舟上向她求婚”。卡尔是作家、辩论家，在威尔逊总统时期，曾担任农业部副司长，政绩卓著。

他们的朋友圈，包括几任总统夫妇，如威尔逊总统及夫人（President & Mrs. Wilson）、富兰克林·罗斯福及夫人（Franklin & Eleanor Roosevelt），还有朱莉娅的表弟阿德莱·史蒂文森（Adlai Stevenson II）、威廉·詹宁斯·布赖恩（William Jennings Bryan）和许多欧洲国家元首政要。

除了政要，富文夫妇还与文化界人士，如剧作家雷切尔·克罗瑟斯（Rachel Crothers），诗人萨拉·蒂斯代尔（Sara Teasdale）和韦切尔·林赛（Vachel Lindsay），以及双城的很多居民，往来密切。

朱莉娅·斯科特·富文是个迷人的女主人，殷勤好客，喜欢举办派对。她经常在饭厅款待嘉宾，至今有张餐桌仍在使用。朱莉娅最拿手的是一种特制面包，这种面包曾送给英国女王伊丽莎白。

朱莉娅是个不同寻常的女人，理智、知性。她旅行到欧洲，给报纸写文章、写随笔，还写了小说《荣誉之路》（*High Road to Honor*）。她是虔诚的教徒，真心关切遭遇痛苦和不幸的人。她本人相当节俭，没有孩子。作为富人，富文夫妇慷慨捐助了很多慈善机构。第一次世界大战结束，同盟国和德国签署停战协定之时，朱莉娅正在欧洲，她坐在一辆摩托车挎斗里，穿过炮火连天的道路，在美军驻地，她组织爵士乐乐队以劳军，还为来自伊利诺伊州的想家的士兵们举办“可可派对”。

令人遗憾的是，在70周年结婚纪念日之前，朱莉娅的丈夫卡尔去世,享年93岁。朱莉娅孤身一人坚强地活着,直到1981年,在她出生的同一个房间，安然去世，享年105岁。

这个跨越了一个世纪的老妇人，最有资格向人们讲述这所房子和家庭的历史，当斯科特一富文时代结束，家里的所有财产被公开拍卖。其价值500万美元的房地产,大部分归于教堂了。

白云苍狗，世事变幻。《搜神后记》记辽东丁令威事:“有鸟有鸟丁令威，去家千年今始归。城郭如故人民非，何不学仙冢垒垒！”

名利也，钱财也，身外之物终将成为过去，与己无关了。

19. 人在旅途——十日游

On the Journey（人在旅途）

花朵，动物，群山，折射着智者思维的灵光。……在森林中，有永恒的青春。

——爱默生

一

罗杰上完了这学期的课，最后一次课后，说："打算和雪莉一起旅行，去威斯康星和密歇根转转，我们邀请你同行。"这正是我在想的事，儿子就要来上学了，我正好可以先期探探路。讲好AA制，答应了。

罗杰很高兴，兴奋地叫：Great!（太好了！）他和雪莉是一对老丁克，都年过七旬，没有孩子，喜欢和年轻人交往；我不年轻，但平时他们待我像孩子，虽然上课时我是他的老师。

罗杰开始制订计划，先发来了电子邮件，一个大概的行程。过几天，更详细的计划发来了，包括何时启程、行车距离、时间、住宿酒店，凡是我欲为而难为的事情，他都做了。又过几天，雪莉一封信，告诉我她要带的衣服物件，我知道这是委婉地教我应该带一些什么物品，罗杰在邮件里把他要带的东西列出了清单，也是示范让我参考之意。

Laoshi,	（老师，
I will pack:	我会带：
3 shorts	3 条短运动裤
1 pants with long legs	1 条长腿裤
1 jacket or sweatshirt	1 件夹克或运动衫
4 socks	4 双短袜
5 shirts	5 件衬衣
1 swim wear	1 件游泳衣
1 regular pair of shoes	1 双常规的鞋
2 pairs of sandals	2 双凉鞋
1 shaving kit with tooth brush	剃须包和牙刷
That should do it.	这些就够了。
We leave in 3 days.	我们三天后出发。
On The Journey,	人在旅途，
R. C.	——罗杰）

7月9日，吉日良辰，夫妇俩9点半开车到我住处，我就携小旅行箱一、周末旅行包一、手包一，上路了。

旅行箱里是要换的衣服，内衣、外套、毛衣、T恤、长短裤、旅游鞋、沙滩鞋……威斯康星和密歇根在北边，美国人也是迁徙的鸟儿，夏天往北跑，冬天向南飞。世事无常，天气更没准儿，有备无患。旅行包里是我常吃的零食，巧克力、开心果、核桃仁、大杏仁、葡萄干、鹰嘴豆，杂七搭八一堆，还有一盒饺子和菠菜木耳虾仁凉菜，是自告奋勇准备的第一日午餐——野餐主食。

一上车，夫妇郑重其事先来一段开场白，像一个小的欢迎仪式，大意是老师对学生尽心尽力，学生收获很大，无以回报，想出同游的计划。我有点受宠若惊。自己做教书匠，误人误己20多年，工作自觉轻松，并未不遗余力；老绅士的尊师重道，刹那间让我觉得自己俨然成了大人物。我知道这次旅行，有他们夫妇怀旧之意，也处处是为我着想。我十分感谢。

罗杰开着他的红色本田CRV，一路向北，约3个小时，到了威斯康星，在高速路休息区，停下吃饭。空旷的草地上，很多凉亭，下设木桌，拣一张坐下，拿出午餐开吃。一位银发伛偻的老夫人，头戴白帽，一身白衣，手提餐篮缓步慢行，从我们桌边经过，略吃力的样子。罗杰上前，接过餐篮，搀着老夫人，把她送到车边。罗杰70多岁，老太太也年近八九十岁吧，两个白发苍苍的老人，毫无暮气沉沉之感，我看到的是安详从容地享受生活。

二

威斯康星麦迪逊校园以风景美丽闻名。北临“梦到她”湖（Lake Mendota），湖名不知何人翻译，神来之语。觉得偌大的校园不像个大学，更像一个旅游度假胜地。古木参天，花草遍地，欧式建筑风格鲜明，学生众多，多是上暑假小学期的。

在校园，听麦迪逊早期音乐节乐队的彩排。今年麦迪逊夏季音乐节的专题是早期音乐。早期音乐是对公元 476 年罗马帝国分裂至 18 世纪中期的巴洛克音乐的统称。来威斯康星麦迪逊表演的有巴尔的摩合唱团（Baltimore Consort）、纽伯里合唱团（New Berry Consort）、纽约复音之声（New York Polyphony）、以及莎士比亚逝世 400 周年十四行诗团（Sonnets 400）。我们买了票，计划有选择地听两场音乐会，就继续北上旅行。

音乐会开始前，先听讲座，由音乐系的教授讲述早期古典音乐知识。观众大多是中老年人，来自全美各地，大学生并不多，

麦迪逊校园上夏校的学生

音乐会之前的讲座

忙着学习呢。

纽约复音之声，是世界上最好的室内声乐乐团之一，四人组合，鱼贯上场，一鞠躬，立刻开唱。干脆利落，理想的形式。所有的会似乎都应该如此，开门见山，直奔主题，多好。

四个人依次是：

杰弗里·威廉姆斯（高男高音）[Geoffrey Williams (countertenor)]

史蒂芬·凯迪考特·威尔逊（男高音）[Steven Caldicott Wilson (tenor)]

克里斯托弗·迪伦·赫伯特（男中音）[Christopher Dylan Herbert (baritone)]

克雷格·菲利普斯（男低音）[Craig Phillips (bass)]

舞台上是音乐会的常规摆设：一张小桌，一个玻璃水壶配四只玻璃杯，按顺序摆好。一曲完毕，有人走到小桌边，按照自己的站位，取杯喝水，润润嗓子，态度自然随意，既卫生又体面。

想起多年以前听的一场音乐会，北京音乐厅，报幕员一步三摇满面春风，一张嘴："请 TIN 赏……"立刻煞了风景，她似乎不够自信，想说"请听……"，又想说"请欣赏……"，可是舌头一哆嗦，两种句式杂糅，就成了不伦不类的"请 TIN 赏……"。记得身边人当时评判："此乃混饭吃的。"

或许先入为主，对第一场音乐会印象极深刻。四位歌唱家，有精湛的声乐技巧和声音魅力，简朴的中世纪旋律，注入了现代气息，我只觉得犹如天籁。区区四人发声，闭上眼睛，却似千军万马，声音层次十分丰富。一个多小时，一晃即过，如享受了一场精神的桑拿浴，让人意犹未尽。

音乐会结束，掌声雷动，观众久久不愿离去。谢幕数次，乃加唱了一首老歌《女子铆钉工》(*Rosie the Riveter*)。二战时期美国有 600 多万女工进入兵工厂工作。这首歌曲调滑稽风趣，歌唱家与观众互动，大家起立，台上台下合唱。我不会唱，只好咕嘟着嘴作壁上观，这一刻深切体会到，为什么许多中国人在美生活不错，衣食无忧，仍然选择回国，因为生长的环境、不同的文化背景，差异太多，有些课是无法补的。站在文化的边缘，永远是边缘人，那滋味不好受。

另一感受，美国人爱国，以此自豪，发自内心。他们认为，"虽然美国有很多问题，但是仍然是世界上最好的国家，外国人获得

黄油鸡蛋花

美国签证是不容易的”。我之浅见，全世界的文艺、体育、服务业，都面向美国，服务美国公众。这次麦迪逊音乐节，罗杰说都是一流的乐团，一流的演技，音乐会代表了一流的水平，然票价并不一流地贵。

停车加油时，我和雪莉下车休息，路边的野花草，都有名字。雪莉一一教我，我只记住一个“黄油鸡蛋花”（Butter and Egg），因为很形象。你知道是什么样的吗？

三

在酒店早餐后，去巴拉布鹤类博物馆。此地正式名称为国际鹤类基金会（The International Crane Foundation），总部设在威斯康星州的巴拉布。占地300英亩，囊括了世界上现存的15种鹤类，濒临灭绝的鹤来到这个避难所，据说一旦存活下来，会被送回原来的国家。美国先进发达，搜集世界上所有的好东西，保护，利用，

被囚禁的鹤

开发，想看鹤类？到美国来吧！来花钱吧！

鹤类博物馆的接待室门前，一方空地，布置独出心裁，绿绿的草地上，一群金属片做成的可以活动的白鹤随风起舞，栩栩如生。

在这个全世界鹤类的集合地，我看到了丹顶鹤、肉垂鹤、非洲丹顶鹤、蓑羽鹤、白枕鹤、黑颈鹤、西伯利亚鹤、欧亚鹤、沙丘鹤、鸣鹤、赤颈鹤、澳洲鹤……其中有多种来自中国。这些长颈优雅、步态翩翩的翼鸟被关在格子间，或盘颈打盹，或引颈散步，无精打采，百无聊赖。

万物灵长的人类，建立了动物园，美其名曰保护，其实是自私自负专横之举，对动物来说，不啻囚禁。突然冒出这句话：动物是人类的朋友，人类文明把自己变成动物的敌人。偏执的毛病又犯了。

但是，发展是硬道理，保护也是必须的，在热火朝天的大工地，无暇或者无力顾及，这些美丽的鸟儿怕早已成为饕餮者餐桌上的美食了。从全球化的角度，这是做的大好事了。美国自然主义者探险家威廉·贝贝（William Beebe）说：

> 当某一物种的最后个体不再呼吸，须待另一个天堂和另一个地球再造，才能再次出现。

语言并非人类独有的交际工具，鹤的社会亦有鹤语。然而，鹤语比人言，人言实在“可畏”。因为，人的语言高度复杂，有很多讲究，分语体，分场合，分对象……不记得谁说过，世界上最难的事是人与人之间的互相理解。高科技带来的高度文明，为人与人之间的交流提供了便利，也把人际关系变得高度复杂了。很多时候，理解实际是误解，或者以其昏昏使人昭昭，或者以其昭昭使人昏昏而已。

鹤语没有这么复杂。在这里观鹤，粗通了几句“鹤语”：双鹤齐鸣是壮声势，炫示爱情，告诉他鹤，走开！我俩是一对；一

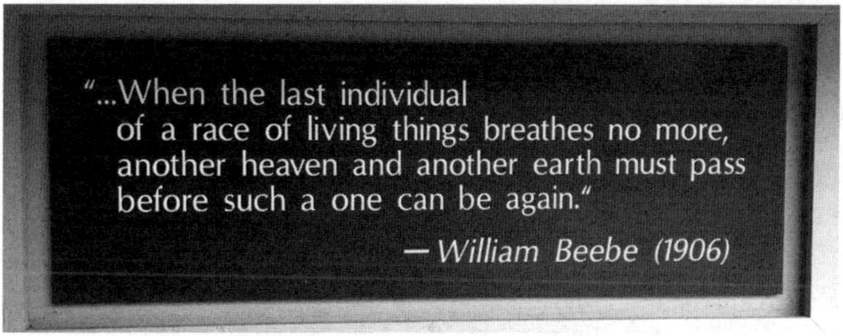

美国自然主义者探险家威廉·贝贝警世之言

声尖厉的鸣叫是警示，告诉同伴附近有危险；柔软的打呼噜声，是伙伴彼此之间保持联系，并安慰幼鹤。至于美丽的鹤舞，那是恋爱，是互动、锻炼、开心、玩耍。

虽然是鹤园，因为地盘广大，种了很多植物，也是一个大植物园。罗杰、雪莉搬家住到老年公寓之前，有一个大院子，雪莉种过很多植物，对花草有研究，她告诉我眼前的各种植物：蕨类、菊苣根、紫鸭跖草、紫穗槐、紫松果菊、荸荠（非洲很多鹤类的食物）、红莓黑莓、黑眼睛苏珊、丁香、天竺葵、野胡萝卜、黄油鸡蛋花、防风草……雪莉诲人不倦，我亦兴味盎然，盘算回国时带一些稀罕的花草种子，辟一块园地，种一方“Heartland Garden”（心之花园），只怕想得美，夹带非法私货海关通不过。

中午餐后，回威斯康星麦迪逊校园，实地探察儿子的宿舍楼、教学楼等。宿舍就在湖边，像一只张开翅膀的巨大蝴蝶，一层是宽敞的大餐厅，世界各地风味，全天供餐。北望是美丽的“梦到她”湖，南边是大片绿地、球场，视线开阔。离教学楼也不远。很安心，拍了照，给儿子发过去。

宿舍楼不远处，发现了一个奇妙的大花园——艾伦百年花园（Allen Centennial Garden），这是大学园艺系的教学实验地和公共植物园。

七八月份，正是威斯康星盛夏，我很幸运，看到了一个鲜花怒放五彩绚烂的植物园。

花园北部，是一座维多利亚风格的哥特式房子，尖顶，被鲜

与花为伍

花簇拥着。这里曾住过四任农学和生命科学系的院长，如今，2.5英亩的花园植物围绕着这座大房子，院里有一棵1899年种的落叶松，是当时的院长为纪念儿子诞生种下的。一个多世纪过去，大树枝干遒劲，底蕴十足。

美国有历史纪念意义的老房子，多是靠私人捐赠修建，艾伦百年花园也是如此，主要捐赠者是埃塞尔·艾伦女士。她是土生土长的麦迪逊人，在威斯康星大学得到细菌学学士、植物学硕士及科学荣誉博士学位，后成为威斯康星大学教授。其夫为该校著名细菌学家奥斯卡·艾伦博士。夫妇俩被称作植物学“豆类中的固氮”研究方面的“百科全书”。

这个百年花园并非一直维持原状，它也与时俱进，不断发展。花园地形复杂，有足够的场地作为。花园、露台、外墙、走道，变化多样。

园内种植了大量多年生草本观赏植物、一年生植物、木本植

学生们在园中探究学习

物等。有一大块菜园，各种香草整齐排列，彩椒长得正好，薄荷散发浓郁芬芳。一方鱼塘，里面游鱼逍遥，鱼塘连接节水灌溉设施，还有一个现代化的厨房。这是园艺学院的户外课堂，此时正值暑假，上暑期学校的学生们，手持笔记本，在园中探究学习。

晚上，去离学校几个街区的印加文化遗产传统秘鲁美食小饭馆（Inka Heritage Traditional Peruvian Cuisine）吃饭，这是罗杰在麦迪逊的最爱，秘鲁美食，类似墨西哥风味。

四

音乐节的第二场。纽伯里合唱团，8—10人的早期音乐合奏，女高音歌唱家艾伦·哈吉斯主唱，是有关1912年的无声电影《伊丽莎白女王》的。但是开场白从一个“鸡蛋”（极端）走向了另一个“鸡蛋”（极端），极冗长沉闷，说的还是拉丁文。罗杰解释说，大意是“上帝，我有罪，拯救我”。我笑问他，您认为您有罪吗？罗杰微笑着摇头。雪莉说：“我都觉得太长了！”

第三天，一大早驱车出发，去密尔沃基（Milwaukee）游船码头，连车带人坐轮渡，到马斯基根（Muskegon）。在湖上快运（Lake Express）的旅客休息室，看到墙上挂着两个钟表，显示不同时间，原来此岸渡到彼岸后，就进入了美国东部时区，时间要前拨一小时。

买了轮渡票，驱车排队，汽车接龙，一如人排队。船来了，先下后上，一辆辆汽车从船舱开出，领头出来的是一辆耀眼的红色跑车，开车的是一位银发老绅士。然后是摩托车，骑手戴头盔，呼啸而出。卸船完毕，人车分流，罗杰开车入船舱车库，我和雪莉随人流上船。

船舱里坐着挺平稳，但站起来，晃得走不了。窗外，白鸥翱翔，湖面似海，天空湛蓝，水天一色。远处，时有片帆如画，离

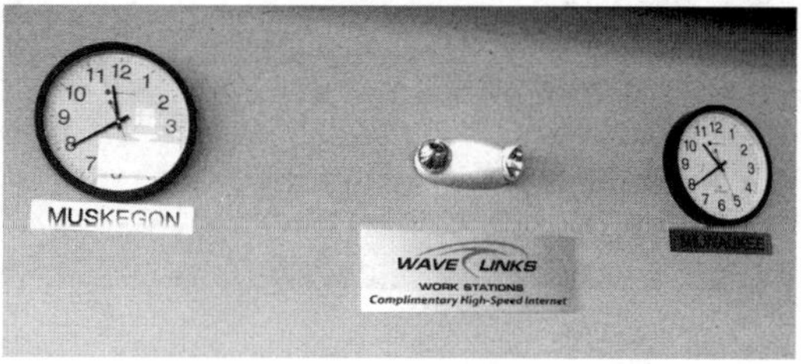

钟表显示两岸不同时间

得远，看着只是星星一点。船至中途，有人到甲板上观光拍照，这提醒了我。出国远游，归国总要带回几张在大城市大建筑面前"空口无凭立此存照"的图片示人的，这样对着友人可以慨乎言之："你看，我吃过猪肉了，也见过猪跑了。"这样彼此的虚荣心都可得到满足。虽然我这乡下人胆怯怕进城，但船上似可一站，摆个pose留个影，以示"到此一游"，有图有真相。

甲板上风大极，几乎站不住。"御风而行，泠然善也。"那是列子，我一身俗骨轻盈不起来，直觉得风似铁板，阻我前行，冒着被大风吹走之虞，挪到船边，抓着栏杆，勉强站稳，请一位脖子上挂着相机、看着很专业的"尖头鳗"（gentleman）帮我照相。他很爽快，一声"Sure! My pleasure."。（没问题！很荣幸。）无奈

岸边的私宅和私家游船

大风呼啸，短发狂舞，劈头盖面，他竟然给我连拍了20多张无头照！他也站不稳。

船近岸边，风浪渐小，俄而，风平浪静，彼岸到了。船进港，湾区散落的房子都是私人住宅，各有特色，有的庭院广大，停着房车；岸边码头，各式船只，都是私家财产……

五

下了船，从马斯基根（Muskegon）开车去比乌拉（Beulah），一路上，茂林修树，郁郁苍苍，公路好似夹在绿色中的甬道，时见金黄的麦田，麦浪翻滚，碧绿的青纱帐，或者大片的樱桃林，挂满了红樱桃。间或有成群的奶牛点缀田间，卷成滚筒样的干草散落在地里。

田园美如画，信美非吾土。狭隘的心胸生出狭隘的想法，只愿这是我们的社会主义新农村，只愿这是我们的社会主义新农村！

住进罗杰事先预订好的汽车旅馆（motel）。罗杰说这是60多年前的汽车旅馆，重新装修过，里面很干净。与正规酒店比，稍简陋，罗杰说他只能找到这个旅馆了。我不像Mr. He（先生），出门旅行订酒店,先看几颗“星”。对我来说,几颗“星”都无所谓，只要安静干净。人生如寄，家即客栈，人在旅途，挑剔什么呢？

我的房间正对着小泳池，后面是私家池塘，几块木板搭成站

路上的田园美景

台延伸到池塘中心。翌日一早，鸟鸣啁啾中醒来，坐池畔桌边早餐，临池一站。

天气清朗。池塘很大，长满芦苇、蒲草，时有土耳其秃鹰飞过盘旋，这是一种凶猛的鸟，专吃腐尸。“店小二”——旅馆主人的第二个小女儿——8岁的艾米，过来和我说话。她是个爱说话的孩子，跟我讲她姐姐的秘密：17岁了，怀孕了，和她男朋友住在一起。讲池塘里有一个野鸭家庭，两个青蛙乐队……店主人过来说，艾米是个不知道害羞的孩子，饶舌鬼！我觉得她很可爱，谁不爱听小孩子的话！天真质朴，不设防，充满赤子的真诚，在我听来，比天籁还好。

临走，我去还酒店房门钥匙，接待室锁着门，看到门前有一个木头箱子，正好把房门钥匙投进去，想得真周到。

店主人告诉了雪莉看鱼鹰的地点，我们一人一个望远镜，站在远处，用望远镜看远处树颠，果然看见了鱼鹰的巢，但是鱼鹰不在家，估计狩猎或者旅游去了，说不定去了我们来的地方呢，谁知道，美国迁徙自由，人随便搬家，更别说鱼鹰了。

晚上，在因特洛肯（Interlochen）音乐营有一场音乐会，是来自英国剑桥的著名的国王歌手合唱团（the King's Singers）。

在因特洛肯音乐夏令营（Interlochen Music Camp），雪莉有了第一份工作，当年她从伊利诺伊卫斯理大学音乐系毕业，来到这里。雪莉今年78岁，仍然清晰记得自己带过的第一批夏令营学生，“我们穿着统一的服装，孩子们上身蓝色T恤衫，下身深蓝色短裤，配蓝色或黑色长筒袜，蓝带胸牌；教师是蓝色T恤，深蓝色短裙，红带胸牌”。她历历数着50多年前的往事：带领孩子们去湖边，玩水，爬山，露营，野餐……50多年过去，半个世纪的时

音乐夏令营的师生

音乐厅门前的雕塑

光，对于雪莉犹如昨日。人生如白驹过隙，何其快也！

这里同样地盘广大，超大停车场，按照英文字母，分成一块又一块，到处是参天大树，遮天蔽日，阴凉爽适。

音乐会在科森礼堂（Corson Auditorium），门口有一个大熊铜像雕塑，后面背靠背还有一个小动物，样子娇憨可爱。我问罗杰是什么动物，他说是神话里的，不知道是什么。

演出开始了，国王歌手合唱团是个六人组合，依次是：

大卫·赫利（高男高音）[David Hurley (countertenor)]

蒂莫西·韦恩–赖特（高男高音）[Timothy Wayne-Wright (countertenor)]

朱利安·格雷戈里（男高音）[Julian Gregory (tenor)]

克里斯托弗·布雷顿（男中音）[Christopher Bruerton (baritone)]

克里斯托弗·葛毕塔（男中音）[Christopher Gabbitas (baritone)]

乔纳森·霍华德（男低音）[Jonathan Howard (bass)]

该合唱团全球知名，是世界上最好的合唱团之一，六人俱是双格莱美获奖歌唱家。他们定期巡回到欧洲、北美、南美、亚洲和大洋洲演出，完美无瑕的声音和谐交融，令人着迷。演出充满正能量和魅力。

中场休息时，休息大厅正售卖他们的 CD 光盘，物美价昂。想起余光中先生和朋友一起游欧，看见精美绝伦的水晶制品，欲买太沉，但难以割舍，内心挣扎劝告自己："昨天太穷，后天太老，今天不买，明天懊恼。" 我知道，这次的音乐之旅将来对于自己，也是 "不思量，自难忘"。为免后悔，买了两盘，作为永久收藏。

罗杰因此回答了我曾经问他的问题："What's the difference between Heaven & Paradise?"（Heaven 和 Paradise 这两个词的区别是什么？）

罗杰说："That's easy to answer now. Heaven — That's where people of the Christian faith want to go when they die; Paradise — That's where musicians want to go when the Kings Singers are performing in Corson Auditorium Interlochen, WI. "（现在容易回答你了，Heaven 是信仰耶稣的基督徒相信死后会去的地方；Paradise 是当国王歌手合唱团在威斯康星州科森礼堂演出时音乐家想去的地方！）

哈哈。

六

比乌拉（Beulah）附近的密歇根湖边，原是个热闹的小镇，也是雪莉当年带孩子们游玩之地。入"海"处有獭溪，如今獭溪仍在，小镇不存，只余茫茫一片海一样的湖。老太太故地重游，逸兴遄飞，卷起裤腿，下水了。"振衣千仞冈，濯足万里流。"我亦裸足入水，只觉浩天白日，水凉惊心，精神为之一振。

雪莉下水

洋包子明信片

七

振衣濯足是雅事，但密歇根的湖水加西北风只能调味不能充饥。脚亲湖水，徜徉一个时辰后，我们继续上路，去吃饭，到特拉弗斯城（Traverse City）找饭馆。已过饭时，餐馆里没有太多选择，只有几样当地名吃 pasty，雪莉称之为“superior food at Lake Superior”（苏必利尔湖畔的超级食物），一种北美矿工和伐木工吃食，看起来像包子——洋包子，虽不似土包子，但个大皮薄馅足，味道不恶。

八

Charlevoix（沙勒沃伊），港口城市，美国海岸警卫队基地，建有密歇根的第一座核电站。沙勒沃伊之于芝加哥，一如北戴河之于北京城。在没有空调的时代，夏天芝加哥的有钱人需要消夏避暑，遂在此建房，这是此地兴起的原因，有很多漂亮的大豪宅。当年每到周末，“挣钱的爸爸就坐火车来和家人团聚，周一再回去工作”。

在一家艺术品商店橱窗外，看到了黑色的花，像牵牛花。我曾见过黑牡丹、黑玫瑰、黑郁金香。雪莉告诉我，这是黑紫矮牵牛（black and purple petunias）。果然，心中暗暗得意。世界上没有绝对纯黑的花，那会被太阳烤死，所谓黑色只是近于黑的蓝紫。物以稀为贵，少的即是好的，好是相对的。满园春色，万紫千红，黑色还是少点好。小黑裙穿在年轻姑娘身上，性感迷人，倘若人人都是小黑裙，就成了黑压压一片乌云了。

对很多美国人来说，提到沙勒沃伊，会想到伯爵安德鲁·杨（Earl Andrew Young）这个人。

他是谁?

伯爵安德鲁·杨，1889年出生在沙勒沃伊以南30英里的曼斯罗那小镇（Mancelona）。1900年，他随家人搬到这里，在沿着密歇根湖边的树林里，他发现了巨大的漂砾石，它们是最后一个冰川纪遗留下来的。杨对这些石头着了迷。

有些人，用油漆和刷子创造艺术，这是画家；另一些人用音符，这是音乐家；还有人用相机，这是摄影家。杨独具慧眼，他在粗壮的冰川漂砾石上发现了缪斯女神，创造了独特的艺术品——蘑菇屋。

蘑菇屋

他并不是专业建筑师，而是房地产经纪人，但他有非凡的想象力和视觉感，你可以说是商业头脑。54 年里，他持续不断地用这些丑陋的石头建造了 30 座独特的美屋—— 26 栋住宅，4 套商业楼，至今有 28 栋完好保存。

坐落在格兰特和克林顿街角的一栋是被正式命名“蘑菇屋”的，它是杨的经典之作，建于 20 世纪 50 年代早期，形状就是一个蘑菇，住宅的确切面积不确定，因为几乎所有的房间都是不规则的。墙体单向石灰石，和房子格调一致，含铅彩绘窗玻璃来自密歇根下城一位男爵的豪宅。现在的屋主戏称她的家为“奔跑的漂砾”。

这座“蘑菇屋”，杨建的第一栋房子，家人自住，建于 1919

至 1921 年，是沙勒沃伊最受欢迎的拍照景点。典型的美国文化和建筑风格，强调水平方向，宽屋檐，暴露的椽尾，这是他最喜欢的图案之一，这座房子于 2014 至 2015 年改造，外形酷肖大蘑菇。

1947 年，威廉 · 苏赫尔（William Sucher），快速 79 汽油公司（Speedway 79 Gasoline Company）的老板，委托杨建一座夏天的房子，这是杨建造的最大的房子。200 多平方米的石头房。

杨的建筑理念是："不要改变土地，除非不得已。"这个理念与美国建筑大师弗兰克·劳埃德·赖特（Frank Lloyd Wright）契合，木瓦，屋檐，装饰，石雕的铺设，一切都顺应自然。

就地取材，堆石造房，杨就像个石匠，他建的每一栋房子都独一无二，和周围景观海边漂砾石公园融合一起，极富地方特色。杨热爱这些大石头，沿着密歇根湖岸边，亲自挑选石头，收集农民翻地清理的巨石，将它们深埋或下沉在密歇根湖，直到他为这些石头找到理想的用武之地。这些房子统称为"蘑菇屋"，此外还有很多昵称："侏儒家园""糖果房""巨魔家园""早期的鹅妈妈"……它们已经成为沙勒沃伊独有的特色景观，参观者络绎不绝。

1947 年，杨建了一座"半楼"，作为女儿露易丝的蜜月小屋，这是杨建造的最小的房子，集中体现了他的风格精华。

杨的经典之作还有风向标酒店餐厅（Weathervane Inn Restaurant），1954 年 7 月建成，在北密歇根轰动一时。他设计的屋顶面向天空，呼应海鸥张开翅膀在飞翔，施工难度极大，当时工程师怀疑它的可行性，杨努力说服了他们，才有了这座典雅的建筑。

酒店大厅壁炉上方，盖石有9吨重，是1928年在漂砾公园发现的。当时，杨的工人正在干活，发现地里有块石头露出一角，工人要把它整个挖出来扔掉，但是，挖掘不断深入，石头始终“神龙见首不见尾”，一直挖下去，终于原形毕露——一块9吨重的巨石。杨极富商业头脑，他知道这块巨石的价值。密歇根下岛的高速公路系统，路基很多部分是石头建成的，杨受此启发，心中有数了。杨让工人们把巨石彻底挖出，动用一队马匹，用铁链子拖出巨石，拖到大约400米外的树林里，重新埋起来，石头躺在那里26年，直到建酒店壁炉派上了用场。

杨还建了两座汽车旅馆，其中之一是沙市最早的旅馆。

2005年，伯爵安德鲁·杨和“蘑菇屋”的故事被拍成纪录片，制片人是获得过三次艾美奖的安妮·马洛和布赖恩·贝朗格兄妹。杨和他创造的艺术品被永久记录保存下来，成为人类建筑史上的醒目一笔。

九

开车过麦基诺大桥（Mackinac Bridge）。

这座桥是20世纪50年代最著名的公路悬索桥。建成之初，即成为世界第二长吊桥（仅次于旧金山金门大桥），现为世界第五

驱车过麦基诺大桥

长的钢索吊桥，也是西半球跨度最大的吊桥。桥跨越麦基诺海峡，连接密歇根州上下半岛，是五大湖中休伦湖和密歇根湖的分界线。

如今这座大桥由专门的非营利组织管理，网站、数据、历史资料等都很齐全。美国人注意搜集历史，积累历史，个人如此，社会亦如此，片纸片瓦都收藏留存下来，因为他们深信这两句话：

Life is making memories; Life is making histories.（生活就是创造记忆，生活就是创造历史。）

所有的过往都是财富，都值得珍藏。

圣伊格纳斯（St. Ignace）。住码头附近酒店，在码头餐馆里吃饭。饭后湖边散步，斜阳余晖染红了湖面，栈桥上高高耸立的白色灯塔也变成了柔和的粉红，“澹然空水对斜晖”，静穆的黄昏，

圣伊格纳斯码头，斜阳余晖染红了湖面

白色灯塔也变成了柔和的粉红

令人迷失，不知身在何处。

和雪莉一起在邮局买了几张明信片，她准备寄给她的亲戚朋友。这是美国老派人士旅行的重要项目，她还活在过去的时代里。如果可能，我也愿意穿越往昔，回到那个什么都慢的过去。哲人说，没有哪种幸福胜过旅行的自由，因为仅仅活着还不够，还应当穿越生活。

雪莉爱写信。虽然我们离得不远，但有事没事雪莉总喜欢给我写信或明信片，由罗杰上课给我。精心选择的图案，温和善意的话语，读着如沐春风。我也偏爱老旧之物，老房子，老朋友，旧书，都觉得好，喜欢和年长者交友，他们教给我很多东西。

君生我未生，我生君已老。

华洋忘年交，天意怜幽草。

海鸥和石鸟

十

坐轮渡朱丽亚号（Juliet）去麦基诺岛。

双层快艇在湖上飞驰，尾部掀起巨大浪花，阳光中映出五彩虹霓。密歇根湖汪洋一般，比天还蓝！船经麦基诺大桥下，特意绕行一圈，使游人近距离仰视“钢筋铁骨”。科技助人，有时确可以“胜天”的，如今似乎除了长生不老，没有什么人不能做到的了，据说连长生不老也快被现代医学攻克了，对地球人类来说，这是福还是祸呢？

麦基诺岛法律禁止机动车驶入，这至少在表面上，使它远离了我们当今的“相当野蛮的文明社会”，保留着19世纪的欧洲风貌，尖顶教堂，城堡，房屋，浓郁的维多利亚风格，游人如织，马车载客，络绎不绝，空气中弥漫着马粪的味道；岛上豪宅很多，在曲径通幽处深藏不露。

坐马车去岛上的大饭店（Grand Hotel），此处号称“美国夏宫”，怀旧电影《时光倒流七十年》主要拍摄地就是这里。每年5月到10月，饭店住满了世界各地来度假的游客。

租了自行车，绕湖巡游，沿着环湖公路，13公里长，是美国唯一的没有机动车辆的州级公路，既赏景，又健身。骄阳在上，万里无云，掬一抔清冽的湖水，洗洗脸，坐岸边石上，看湖鸥、大雁、野鸭悠闲戏水，万物都在休闲度日……

在大饭店吃英式下午茶的时候，巧遇“红帽子”（Red Hat），一群紫衣红帽的中老年妇人，据说她们从全美各地云集此处，参加每年一度的聚会活动。一人一顶红帽子，造型各异，大小不一，佩戴的位置也不尽相同，或压在眉心，或拖在后脑，或者干脆做成假发，脑袋像一只通红的火烈鸟，使人眼前一亮抑或一惊。三五成群，在大饭店里穿梭，落座，兴高采烈，旁若无人。

麦基诺岛有一名吃 fudge，一种乳脂软糖，我知道名吃未必好吃，但因是岛上名物，也选了几样。

十一

圣伊格纳斯长眠着一位非凡的人，17 世纪的法国传教士、探险家雅克 · 马凯特（Father Jacques Marquette）。墓地旁边是一个小博物馆——Museum of Ojibawa Culture（奥吉布瓦文化博物馆），收藏了当地土著印第安人的历史文物。

17 至 18 世纪，是北美大发现时期。雅克 · 马凯特是早期法国在北美探险的先行者。1666 年，他作为神父从法国被派往北美传播基督教，组织远征队，探索、发现、记录密西西比河流域和伊利诺伊河流域的土地、印第安人，走遍了五大湖区，与不同的印第安部落打交道，他学会了六种部落语言，做了大量笔记，帮助法国人扎根北美、扩大势力，至今人们仍然在读他的日记。

雅克·马凯特
神父之墓

雅克·马凯特神父

美国独立后的西进运动，持续一个多世纪，是资本主义经济的辉煌发展史，但对印第安人而言，却是被灭绝的血泪史。北美大陆原有印第安人250万，19世纪末只剩下24万，如今20多万印第安人已经离开保留地，移居大城市谋生，他们散落美国各地，沦为最底层、最贫困的人群。

所以，如何评价雅克·马凯特呢？能否参考爱因斯坦的相对论呢？

十二

爱默生说：“成年人难得看到自然本身。多数人看不到太阳，至少，他们所见只是浮光掠影。”理想的旅行，应该是亲近大自然，用心体验，不光用眼。

西尼国家野生动物保护区门口牌匾

在西尼国家野生动物保护区（Seney National Wildlife Refuge）。观看野生动物，有很多乐趣，带着望远镜、导游图，到野外去，大自然的奥秘是藏而不露的，需要悄悄地走，细细地看。

在野生动物保护区可以看到什么?

这里有200多种鸟类，54种哺乳动物，26种爬行动物和两栖动物，43种鱼，不确定数量的无脊椎动物……真令人兴奋。

很多鸟在此筑巢，另一些则把这里作为迁徙途中的休息进食之所，你会看到哪种，完全取决于你何时到这里。

展板告诉我，普通潜鸟、号手天鹅、白头鹰、沙丘鹤、鸭子、莺等，几月到达，几月离开，活动地点。还有驼鹿、狼、熊，虽然不能确定，但是这些家伙都在栖息地，你可能看不到，因为它们活动很隐秘，很多动物只在夜晚出没。

人喜欢看动物，动物似乎并不喜欢出来见客。很多时候，人与动物相看两不厌，是人的自作多情、一厢情愿。通常个头越大、数量越少的动物，越难见到。跟人类一样，大人物总是高高在上难得露脸的。

早起的鸟儿有食吃吗?（Does the early bird get the worm?）

最佳看鸟时间是在早晨或者黄昏前的几个小时，正午是动物懒洋洋不愿动的时候，一如我们国人需要卧床午休。

你不会想着缘木求鱼吧?（Would you like to see a fish in the forest?）

每种动物都有特定的栖息地，自己的领地。凡事都有窍门，窍门可以事半功倍。在这里，人跟动物一样自由，你可以找一个

天鹅湖

海狸的家

不同栖息地的分界处，这样就可以同时看两种动物。

好吧，带着望远镜，举着导游图，还有照相机，做一个大自然的侦探，领略自然吧，那光，那声，那味……

车沿着湖边小道，经过英文字母编组的不同池塘、湖泊，逡巡数小时。我看到了海狸的家，湖上的天鹅，蓝雁、老鹰的巢……

在这个野生动物园，你不仅可以看动物，也可以听动物，这里是天籁的演奏场。我听到了各种鸟叫，哀鸽会发出“呜——呜——”的哀鸣，像哭泣；加拿大雁叫声像金属，且雌雄鸣声不同；黑啄木鸟叫声像小号；山雀至少有 15 种不同的叫声……

罗杰的车右侧后门储物槽里放了一本《美洲鸟类》（*The Birds of America*），是美国博物学家、画家约翰·詹姆斯·奥杜邦（John James Audubon）编著的鸟类百科全书。书中绘制并详细描述了生活在美国的各种鸟类。现在，它成了我的车上鸟类选修课的教科书。

野生动物园的管理人员，当然都是吃饭的，但他们都是有专业知识的动物专家，他们吃的不是闲饭，是职业饭。这里的布展体贴入微，如一间生物展室，不光展示标本，兼具教室性质。有孩子们的园地，可以触摸标本；有鸟叫录音，可以随心所欲选择来听，无论你是谁，来到此地，都会不虚此行。

“乱水东流落照时，黄花满径客行迟。林端忽见南山色，马上还吟陶令诗。”正陶醉着，天公作美，下起雨来，万物笼罩在迷蒙烟雨中。雨中的天鹅湖，别有一番景致……

说起美国气候，在双城住了这么久，感受四个字：风调雨顺。有一段时间，每天拍云，觉得世界上最好看的就是此地的蓝天白云了，时时变幻，刻刻不同。依稀记起 30 年前醉人的北京蓝。

这里常常下雨，突如其来。适才万里无云，转瞬黑云压顶，哗哗哗遍洒琼浆，不多时雨过天晴。万物如洗，空气清芬。罗杰夸我的车总是那么干净。实际上，迄今为止，我只洗过一次车，都是雨水替我洗的。

自然是慷慨的，自然是通人性的，自然与人的和谐是相互的。有人告诉我，这里的庄稼地没有什么人工浇水，全靠上天下雨。大豆玉米播种极稠密，简直密不通风，可是长得都好，土地肥沃，阳光充足，雨水不缺，农场主靠天吃饭，加上机械化作业，在这里做个农场主，实在太幸福了。假如你问我是否留恋羡慕过美国的什么，那就是做这里的农妇了。这里的天似乎也靠得住。

美国的月亮并不比中国的圆，何以老天如此偏心，如此善解美国农民的人意呢！

十三

大马雷是我们此行的最北端。

当天这里温度是13摄氏度,此时圣路易斯温度近38摄氏度!罗杰得意地说，我们的选择是对的！跟国人一样，美国人避暑也是往北走，我们已经快到美国最北端。

天阴着，小镇上人不多，略觉冷清。镇上唯一一家开业的酒馆热气腾腾，里面坐满了游客、食客。我们和一对夫妻拼桌，他们和罗杰、雪莉热聊。男人和女人在度假，那天早上很冷，他们在苏必利尔湖里划了5个多小时皮艇。夫妻同属于一个皮艇俱乐部。下周末，他们要组织一个皮艇活动，男的说，根据天气情况，估计有100多人参加。他们点了一堆油炸食品，高热量，硕大的盘子上堆成一座小山，除了肉，就是薯条，没有一点儿绿色蔬菜，吃得不亦乐乎。

酒馆的厕所男女通用，里面涂鸦满墙，看不懂，估计和吾乡茅厕一样吧。美国先进，在边远的小城，“厕所文化作家”依然没有绝迹，这是人性。

酒吧旁边墙上，有一装饰物，一条“穿裘皮”的鱼！钉在木板上，看说明，这是一条鳟鱼，身上长满厚毛，极少见！这家伙是被垂钓者在苏必利尔湖靠近阿尔戈马（Algoma）地区钓到的。“一定是极深和入骨三分的寒水，迫使它长出了浓密的毛皮。”

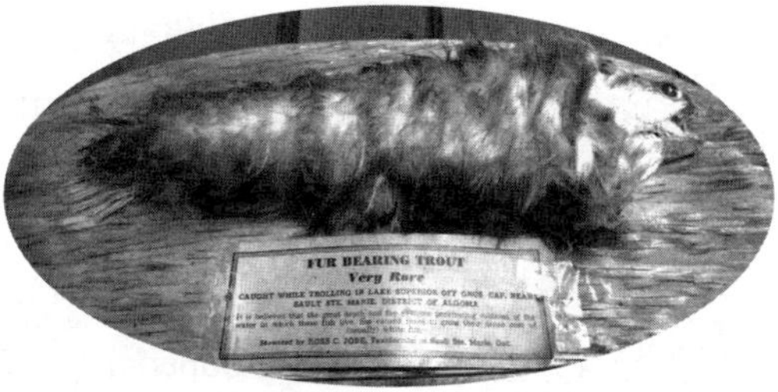

“穿裘皮”的鱼

物竞天择，适者生存。狗急会跳墙，鱼冷能生毛，人在被逼无奈的时候，也可有惊世之举，万物同道。

灯塔有梯，我欲一穷千里目，爬到一半，抬头看见塔门上锁，遂作罢。农贸市场，几张桌子，卖自家出产的樱桃等水果，蔬菜，自己烘烤的面包等。

十四

一路向南，从大马雷到缪尼辛（Munising），换我开车，穿

湖山云烟

越森林，道路蜿蜒曲折，觉得自己身体也随着一波三折（zig-zag）的路，扭来扭去。我们的计划是从北向南开下去，再坐船从南向北上来游湖。“人是地行仙，一日走三千”，汽车的四个轮子加长了人腿，自己开车旅行，真是随心所欲。

坐船游苏必利尔湖（Lake Superior）。船一开，老船长就开始广播“湖上奏鸣曲”，许多典故，一直开玩笑，说得极快，带着口音。这是他的职责，游客就是上帝，上帝游得高兴，才会做回头客。船晃得厉害，开始反胃。要了一个塑料口袋，被船员搀扶着护送到卫生间，一吐为快后，索性坐在船尾通往甲板的楼梯上，看那蔚蓝的天、那缥缈的云烟，又不知身在何处了……

船过彩岩湖滨区（Pictured Rock）。这里是美国第一个国家湖

苏必利尔湖畔停泊的船只

滨区，景观独特，海滩很原始，有人躺在沙滩上。长长的海边散步道，掩映在野花盛开、森林茂密的树丛中，彩岩的色彩、纹理清晰可见，白云蓝天之下，岸边茂密的阔叶林，如青山含黛，有水墨画的韵致。

十五

从密歇根州回到威斯康星州，门县（Door County）。

当地名吃“鱼煮”（Fish Boil）,是罗杰、雪莉一路屡屡提及的：“特别美味，是表演，你一定要看！”还未到，雪莉就打电话订餐，需要提前预订，打了两三家电话，终于敲定，径直奔到饭馆，报出姓名，被领到后院。

偌大的院子，种着各种蔬菜，香草，薄荷、迷迭香、欧芹、罗勒，既备餐馆之需，又给食客展示，新鲜，绿色，一举多得。

这里有的是地盘，随便一家餐馆，总是带着很美的庭院。在北京，像这样带很大院子的餐馆并不多，城里的花家怡园在十七八年前刚开张时，四合院式的餐馆别具特色，但是院子里摆满了餐桌，并没有很多活动空间，至于农家乐更是因陋就简。

所谓 Fish Boil 者，水煮鱼也。一个火炉子，烧的是木头，上面一个大桶，装着水，水里加盐，水开，倒入鱼块，煮几分钟，在火上浇上助燃的燃料，轰然一声，火光冲天，水沸四溢，出锅！装盘，两三块鱼，配上几个土豆、胡萝卜，加一块樱桃甜饼，大功告成！围观的食客欢呼鼓掌。

不觉莞尔。夜郎自大的毛病又犯了，内心思忖，这算什么，比起中华美食，简直小巫见大巫。但是，在美国，罗杰说只有此地，能享受到这种健康食品。

十六

晚上在鱼溪（Fish Creek）的半岛表演者剧院（Peninsula Players Theatre）看话剧。神秘谋杀案，根据阿加莎·克里斯蒂的侦探小说《空谷幽魂》（*The Hollow,* 又译作《空幻之屋》）改编。

雪莉事先告诉我，这个剧场很简陋，半开放式的，大木头搭的屋顶，四壁皆空，没有窗户，入夜观剧会很冷。我们预备了厚

剧院内景

厚的毛衣、毯子等。谁知50多年过去，不断有人捐助，这里不断进化，如今成了有门有窗像模像样的封闭式剧场了。

有人说美国在衰落，何方来风我不知道，大事我都不懂的，其实小事我也不懂，我只听久居美国的华人说，此地一直在有条不紊、按部就班、缓慢发展渐变中，到处静悄悄的，这一点，和奋起直追日新月异雾霾笼罩的大工地太不同了。只希望我们能多盖些学校和文体活动场所吧。

阿加莎是神秘侦探推理小说的祖师奶奶，她像莎士比亚一样多产。她的戏剧总是充满复古情调，谋杀案常以温雅的节奏，带领观众一步步解开谜团，被害人往往是罪有应得。《空谷幽魂》创作于1951年，像她的名作《捕鼠器》一样，故事也是发生在一个优雅的庄园里：

> 周末，一群客人聚集到庄园，参加派对。在庄园女主人安格卡特尔夫人眼里，即将到来的周末派对，既让人激动，又令人害怕。管家和厨娘把一切都料理得井井有条，然而，夫人隐隐感到：她邀请的那些客人，彼此之间，并不是一团和气。无数纠缠不清的三角关系，在安格卡特尔的眼皮底下上演。果然，凶杀案发生了：游泳池边躺着一具男尸，一把手枪扔在地上……大侦探波洛赶来断案……所有的人都有嫌疑。
>
> 约翰死了，似乎罪有应得，他躺在游泳池的边上，他的妻子在一旁举着枪，茫然，茫然……渐渐死去的约翰缓缓地

说：“亨利埃塔……”这是他的情人的名字，这是指控凶手吗？不知道，不知道……

为了演出方便，话剧做了一些改动：约翰应在游泳池边死去，却被安排在室内，手枪应该沉入泳池，却被扔在室内地上……

很喜欢饰演庄园女主人的女演员。她功力不凡，把一个年老健忘、实际内心明白透亮，却又装糊涂卖傻的老妇人演活了，放下鸡蛋篮子找鸡蛋等细节，为阴森悬疑的杀人故事增添了些许轻快的亮色。

演出结束，我和雪莉聊剧，雪莉夸我：“You know very well!”（你很懂呀！）这是我此行暗暗得意的又一刻。开卷有益，年少时候乱读的书，今日派上了用场。这世上，因果相应，有云必有雨，有闪电必有雷。如果没有，那一定是在远处，远到自己都看不见。多年前的云，今天竟下了几滴雨，只是雷声不大，雨点很小。

十七

最后三晚，住姐妹湾汽车旅馆（Sisterbay Motel），又是一个花草树木簇拥的大花园。服务员全是罗马尼亚大学生，他们是暑假来打工的。全世界的人都来美国，伺候美国人，你能说美国不发达吗？然而，美国就那么好吗？

十八

拜访罗杰的表姐达玲和丈夫查尔斯。

查尔斯有很多名称：Charles、Chuck、Chick，罗杰、雪莉叫他Chick。我初以为是Chic，“小鸡”？觉得一个白发苍苍的老先生，这个昵称有点滑稽。

Chick以前是房地产和保险经纪人，夫妻原来在芝加哥工作生活，退休以后，1992年左右，Chick得知门县（Door County）有一座百年老房子拆了卖木头，这是德国人建的房子。他是业内人士，人极精明，如数买下这些木头，一一标上记号，在新买的一个地块上，和承包商一起，重建木头房子，复原了一座百年老屋。屋里屋外，精心布置，各个角落，一丝不苟，一尘不染，古色古香。

达玲拿出两个盒子，里面装着老照片，好几代人的家庭老照片，我知道了罗杰的身世，这是一个伤感的故事。70多年了，罗杰坐在躺椅里，看不出表情，雪莉读信，声音哽咽，达玲和我，泪落如珠……

Chick的院子非常大，满是大树，一点儿没有树小墙新的局促。树上有给鸟预备的喝水罐，大的石雕，小的庭院摆件，随处可见，有的精巧，有的古朴。

离主屋30多米开外，南边是一座独立的客人房，也是鲜花围绕；东边三间平房，是车库，工作间，杂货间；车库前面一大片草坪，停着两辆车，一辆是中型面包车，另一辆是老爷车，

Chick 家的大院子在树林中

1930 年的老爷车“福特 A”

1930 年的“福特 A”，比我岁数还大！ 87 岁了！

关于 Chick 的老爷车——福特 A 型：

1930 年福特 A 型。为什么叫这个名字，不知道。Chick 说 1960 年，汽车商为了卖车，用“速度”“光滑”“润泽”，甚至“性感”相关的字眼来吸引消费者。

这辆车非同一般。

首先，它是私人定制。买之前，Chick 做了很多研究。1930 年，这款车工厂流水线下来只有黑色，但 Chick 的车，有黑色挡泥板，车身是绿色的，两种不同的色调，在当时很扎眼，与众不同。

其次是做工。Chick 这辆老爷车的质量，比工厂流水线的车型高出很多。要知道，1930 年的福特公司，掌握了当时很多汽车新技术，如防锈漆、轮胎、安全带，这些在 Chick 的车上都有。所以，这辆老爷车照罗杰的话，是一个“爱的劳动”。虽然现在技术进步，这些都不足为奇了，但是，70 年前吸烟还被说成有益健康呢！所以 Chick 买这辆老爷车的目的是为了永久收藏，不是为卖。

现在搜谷歌还可以发现，福特 A 型车值得注意，有一些仍然在出售，还有网上汽车销售、汽车俱乐部，成了古董了。

十九

为了让我体验一下，这可能是罗杰安排的，Chick 要开老爷车，带我们去一个艺术博物馆，五个人挤进这辆老爷车里。

老爷车没有安全带，没有转向灯，最高时速 55 MPH（Miles Per hour，英里 / 每小时），但是后座空间较大。我们来之前，Chick 刚检修保养完，性能不减当年，并无噪声，乡间路上开起来速度也不慢，转弯时 Chick 伸出胳膊示意，那是当时通行的汽车手语，看着挺有趣。大约 20 分钟，艺术馆到了。

谷仓艺术馆

原来，他们的孙女原定5月份结婚，举行婚礼仪式的地方就在这家艺术馆，这里举办过26届婚礼了。达玲说，不知何故，未婚小夫妻突然翻脸，现在彼此不通音信，婚礼遥遥无期了！听了这个坏消息，大家不禁怅然。

雪莉说起自己的侄女，住在加州，结婚前发请柬，亲友周知，万事俱备，忽一日，一阵邪风刮来，吹了！原因唯当局者自清，旁观者皆迷。

世界上最快的是光速，比光还快的，应该是变化中的婚礼！恋爱本是最隐秘之事，公然示爱若非爱令智昏一定别有用心，结婚更只与双方当事人有关，一见钟情，两厢情愿，找个僻静之所、世外桃源，吃喝玩乐，一起生活，事情就很圆满。奈何人类已发展至“高度文明”，结婚成了文化活动，文化不外是这些人类活动：请客，送礼，仪式，要有人，要有钱，要奢华，要表演，亲朋好友济济一堂，借此一聚……众人拾柴火焰高，但众人参婚，多半凶多吉少。

画廊原本是个农场，展厅是木头房子，高而广。展品有画、雕塑、工艺品，多废物利用。精美的绘画艺术品与干枯有态的树根、树干、树叶混搭，独出心裁，件件有匠心：

一盏大吊灯，是生了锈的排风扇，上面缠绕着宝石琉璃珠，无论材质还是形状，都构成强烈对比，给人和谐的美感。一整棵大树干，上面布满花纹。Chick告诉我，这是啄木鸟的杰作。艺术家精心打磨，留下了鸟的雕刻，树干上垂下一串串珍珠，粗糙

可以举行盛大婚礼的院子

与精细之间，颇具对比之美。金属片剪成树叶，铁丝做成树枝，悬垂在一块铁板上。坚硬化为柔软，百炼钢成绕指柔。废旧的自行车链条，锈迹斑斑，和木头一起，设计成花瓶，上插枯树枝，配一只鸟，腐朽一变而为古朴典雅……

户外是一大片青青草地，可容纳数百人活动，举行婚礼再好不过了。举首回眸，大大小小的雕塑，在角落静静凝望着你。移步换景，处处是艺术。

威斯康星不缺木头，我们吃饭的餐馆，纯木建成，门口的廊柱是一巨大的熊雕，饭馆的墙壁用整棵大树摞起来，圣诞老人的雪橇，高高摆在头顶上方，卫生间亦是精美的雕花木门……这里

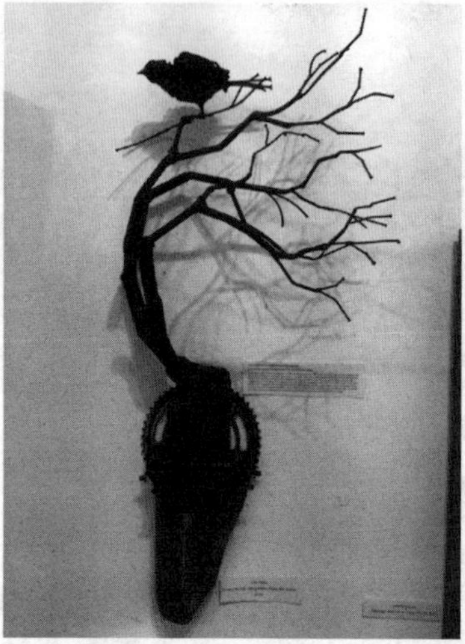

花瓶与小鸟

钢片羽毛

是木之国。

我点餐，想喝一碗清汤，可是错点了洋汤谱。汤来了，白花花，稠糊糊，这哪里是汤？简直就是一碗糨糊！看着腻歪，心中暗暗叫苦。

慢吞吞手持汤勺，假装斯文，想起喝汤礼仪。人人皆知，西人喝汤，讲究不能出声，稀里呼噜最没教养。极度矫情的法国女人喝汤更令人发指，不但无声，持勺方向也有讲究：自里向外撇一勺，再自外向里送到嘴边，小口嘬进。现在明白了，那一定是她不想喝！

二十

告别 Chick 夫妇，继续南下，在洞穴点（Cave Point）驻足流

密歇根湖游泳的年轻人

连。深潭碧波，见有不怕冷壮如牛的美国年轻人跳水游泳。

我也带了游泳的装备，有一瞬曾想潇洒一跳，转念一想，湖水甚凉，老大不小，虽然心还不太老，但一身俗骨开始变酥，心有余而力不足了，顺其自然吧，中年人该沉稳些，有些事情，中年以前应该毕业了。

晚上桦木溪（Birch Creek）剧场。木头剧院，又一场音乐会。是个中学生乐团，雪莉说水平极高。最后一曲，台上台下合唱柏辽兹的《幻想交响曲》。音乐会在高潮中结束，酣畅淋漓。

走出剧场，已是深夜。

明月在天，清光四射，云儿穿梭，虫儿鸣叫，天籁的音乐会才开场……

二十一

第九天，下雨了，倾盆大雨。

我们向北开，经过埃利森湾（Ellison Bay）、格栅岩石（Gills Rock）去北港（Northport），看到了去华盛顿岛的轮渡。因为下雨，我们不准备上岛了。进了汤姆叔叔的糖果屋。这里以前是个学校，墙上有很多名人的照片，卡特总统给汤姆叔叔的信，玛丽莲·梦露等等。为纪念到此一游，我买了一种燕麦片，雪莉买了另一种，罗杰买了曲奇饼。

在新港海滩国家公园（Newport Beach State Park），风雨交加。和雪莉肩并肩雨中看湖，看水，良久。接着驱车往半岛公园，在鹰崖灯塔（Eagle Bluff Lighthouse）前留了一个影。

二十二

门县的鱼溪（Fish Creek）有埃奇伍德果园画廊（Edgewood Orchard Galleries），在中西部地区很有名气，从一间 1918 年建造的水果仓库发展至今，画廊展示销售超过 150 位艺术家的作品，每月更换，绘画、雕塑、彩绘玻璃、黏土、木材和珠宝，不一而足。

宁静的环境，砖砌的庭院，凉亭以及别致的门廊，带小酒馆，桌子和椅子齐备。整个院子是一个雕塑园，各种雕塑，琳琅满目。

雕塑博物馆（1）

雕塑博物馆（2）

画廊创建者是艾琳和她的女儿安妮，现在由第三代安妮的女儿接管。

关于艾琳的故事：

埃奇伍德果园画廊1969年6月29日开业，那是我母亲艾琳在我父亲约翰去世后开创的。

我父亲是个安静平和的人，1898年出生于威斯康星的农场，他是个绅士、医生，在圣玛丽医院供职，救死扶伤一辈子。我们在密尔沃基长大。

母亲艾琳出生于1902年，“是个淑女，但从来不循规蹈矩”。她热爱艺术，热爱生活。大学毕业后做过美术教师，是贤淑的妻子和三个孩子的母亲。20世纪20年代她上过飞行课，喜爱百老汇戏剧，终生热爱剧院，爱德华·埃弗雷特霍顿和埃塞尔·沃特斯常住在我们家，桌子总是为八个人而设。

母亲觉得一个女人应该有她自己的爱好，她在家里三楼养了300只金丝雀。我们的小学班级上课曾实地考察我们家。1959年，她在门县买到80亩的一块地。她说，她已经爱上了树木。人们不知道究竟她要这么大的土地做什么，她回答说：“走路。”

1967年冬天，父亲去世，母亲这个有独立精神的人说自己失去了陀螺仪——主心骨。她以为她可能会加入非洲和平队，后来，她问我是否愿意帮她在门县开设艺术画廊。我当时在芝加哥大学工作，是一家出版社的作家，我请了两个月的假，远近的朋友们都来帮忙，为这个新的冒险行动做准备，那是1968年。

母亲自己有一些古董，我又遍访艺术博览会和大学，以及几乎中西部所有的艺术家，把他们的东西搬回来，这不是几天就能完成的。“初开张时，没有灯，但我们有香槟酒。”

艾琳于1978年去世，享年76岁。她有近10年的时间在画廊，她爱在这里的每一分钟。“爱艺术不分年龄。”她说。我相信这是真的。每一天，都有新的人、新的作品、新的冒险。她定下了基调：你在生活中做的任何事情，都把它变成结识有趣、善良的人的机会。

…………

在许多方面来说，生活是轮回。画廊现在接近50岁了……

安妮

画廊现在多种经营，除了展览、卖艺术品，也卖食谱，是画廊艺术家、工作人员和家人编集的美味菜谱，配上艺术品和相关故事，加全彩插图，精美、实用，兼具收藏价值，据说全部书款捐赠给慈善机构，泽被儿童。

二十三

美国杂货店，跟我们的土特产店差不多。这里的名物是奶酪和樱桃罐头。

二十四

钢琴家苏睿（Sue Rea）的“凌乱”之家。

苏睿是雪莉的大学同学。去她家之前，雪莉预先铺垫，说她的家有点乱，但她钢琴弹得棒极了！果然。到了先看到一个不事修整的花园，房子油漆脱落，栏杆半旧不新。雪莉说：“乔治多么懒啊！”看来她说的是苏睿的丈夫。

从侧门进入，一开门，先扑出来一只大狗，接着看见了老太太，这就是苏睿，人很随意，不修边幅。

屋里光线稍暗，满坑满谷都是小玩意儿、小摆设，猫猫狗狗，好几个大玩偶趴在墙上面壁思过。地上堆满杂物，沿着墙边蔓延，地板上有些碎屑。大狗欺生，冲我汪汪叫，被苏睿呵止。这狗东西，是看我个儿矮吗？我们坐定，它也消停了，趴在地上，闭目养神。

窗外，满眼绿色，窗户上挂着给蜂鸟准备的特制水罐，树荫下躺着一条小船，待修中。

苏睿家的猫

客厅柜子里陈列的是成套的玩偶，苏睿拿出一个，给雪莉讲这套玩意儿的来历。过一会儿，乔治回来了，人高马大，同样不拘小节，他刚参加完活动，跑步比赛，他做志愿者，给运动员递瓶装水。退休之前他在海军服役。

苏睿在教堂弹钢琴，但是有人不太喜欢她，遂丢了工作。典型的艺术家气质，曲高和寡之人也。苏睿爱猫，对她来说，“天堂是你所有的爱猫都在这里的地方”。苏睿的家就是她的天堂。

突然觉得，这个凌乱之家不那么乱了。人的感觉很奇怪，境乃心造。是的，天堂即由人造。“宇宙是无知，人生是笑话，是无意义的，但是，要靠自己的选择，造出人生的意义。人世是唯一的天堂。”

一起去吃饭，在维京餐馆（Viking），北欧风味。老海军叫我

屋顶上养羊的餐馆

“young lady”（年轻的女士），告诉我他去过台湾，没到过北京。

西人招徕生意，无所不用其极。维京餐馆屋顶铺上草坪，养七八只羊，羊群从饭馆后山墙上到屋顶，引得游人驻足，纷纷拍照。种草养羊，羊吃草兼修剪草坪，同时招徕顾客，饭馆又添一景，这个餐馆生意很好。

二十五

谷仓音乐会，走穴的艺术家。

最后一场音乐会在林中漫步画廊（Woodwalk Gallery）。罗杰说，这是亚特兰大交响乐团的几个人，为了躲避亚特兰大的酷热到这里来度假的，顺便走穴挣点小钱。亚特兰大（Atlanta）还有个昵称叫“热特兰大”（Hotlanta），热啊！

二十六

第十天。启程打道回府。

这一天的第一站是阿尔戈马（Algoma），拜访玛丽和戴尔夫妇。他们在皮奥里亚（Peoria）住了多年，退休以后定居阿尔戈马，夫妇俩都在这里长大。阿尔戈马很美，冬天很冷，这里适合喜欢冷雪的人们。

房子很大，舒服的一层平房，进门处是后院，停着一辆三角形小房车。环房周围，密密麻麻种满植物，长得很高，齐腰、过头，花团锦簇，把房子围住。

前院是花园，面朝密歇根湖，东北方向，院子是高高的坡地，自上而下分区域种植了各色植物，一蓬蓬，一簇簇，花开正妍。玛丽是园林专家，她的大部分时间都在花园里，花园打理得有水平。 红莓已经挂果，顶上的已变黑成熟，玛丽让我们摘了吃，不用洗，干净、新鲜，果味浓郁。花园里到处点缀着金属雕塑，大蜻蜓，大鸢尾，铁片焊接而成，锈迹斑斑，别有情味。

屋内装饰，一棵铜片焊制的大松树工艺品引人注目。戴尔告诉我，当初定制这棵树等了很久，因为预订的人很多。一抬头，天花板一角,赫然一只金属大蜘蛛！惟妙惟肖。戴尔是自然科学家，动物爱好者，他说，蜘蛛是益虫，蚊子的天敌，花园里蜘蛛很多，邻居建议戴尔除掉它们，他坚决不干，Why?（为什么？）它们是我的朋友!

第二站，和朱迪、布鲁斯夫妇一起吃饭，他们是罗杰、雪莉多年以前大学时代的老朋友。饭桌闲聊，说起智能手机、非死不可（Facebook）和微信（WeChat），我说微信用户有6亿多了，这是保守的数字。布鲁斯说:“那跟我的钱一样多！”我知道他是在开玩笑。

回程汽车加油站的便利店里，货架上有告示，告诫带小孩的顾客，管好自己的孩子:“无人陪伴的小孩会得到一杯浓咖啡和一只免费的小狗。”换言之，如果你不想找麻烦的话，管好自己的孩子吧。说得艺术、幽默又婉转。

这个独一无二的告示，显示了店主人的个性，雪莉很欣赏，指给我看，我在别的地方也没有看到过。联想起某地公共场所的不伦不类不三不四不洋不中的语句，粗鲁的，过分的，命令的，劈头盖面砸过来的警告、提醒……也许用意不坏，但是效果云泥。

二十七

回到暂寄蜗居。想起这句话:“旅行的好处就是，回来之后还是觉得自己的狗窝最好。”

在狗窝，在美国，都是在路上。

罗杰的话:

On the journey!

20. 生活是什么？

“黑板”（Blackboard）是 HCC（哈特兰德社区大学，Heartland Community College 的缩写）自己研发的教学管理软件系统，翠西是主管，所有新入职教师，须先接受培训，考试，上岗，我因此认识了翠西。周六，她宴请中国项目老师们。

她的家在双城中心区，离超市很近。丈夫是双城第一大户国营农场保险公司（State Farm）雇员。双城的普通美国人，以供职此公司为荣，大树底下好乘凉是也。他们有一儿一女，日子称心如意，无忧无虑。听她说，原来住在春田，有祖屋，可是上班来回开车 3 小时，太远，去年买了这座房子，500 平方米。

进门，看到学院的几位上司都在，他们今天是服务员，负责端盘子、分餐、陪玩，各种招待。

一干人先被引到地下一层，看各个房间，收拾得干净整齐，手工坊，乒乓台，杂货间，布置精致用心思。

吃饭。简单的美国家常餐：两种汤，其一是肉馅小馄饨青菜鲜汤，其一是奶油绿菜花汤（泡饼干吃），看着和中餐杂烩汤类似，但是，因为调味料不同，味道迥异。此外，牛肉片，面包片，生菜叶，西红柿、肉丸串，土豆、水果、棉花糖沙拉，苹果汁、橙汁，两种饭后甜点。

饭中，翠西站在餐桌前，向客人展示祖屋照片，美国南方的房子，在密苏里州春田。很大很大，典型的美国独立木结构民居，这种设计经济实惠，施工简易，两层带地下室。

翠西还展示了一件老古董，那是她先祖母125年前的婚纱，乳白色的真丝长裙，精致的包扣，密密麻麻自上而下，除了颜色泛黄，保存完好。我们看到了那张年代久远的结婚照，仍然感受到新娘新郎脸上的喜气。

不少美国家庭，都保存着很多古旧东西，这是一个家庭的历史。美国建国时间短，越短越在乎历史，美国人的历史感很强，在一个家庭里，发生过的大小事件，必有一些实物保存下来。还是这两句话：Life is making memories; Life is making histories.（生

姑妈做的巨大丝绸壁画

活就是创造记忆，生活就是创造历史。）

翠西的家，普通的美国中产之家，没有不必要的“豪华”，就是“我的家”，人性，功能性，舒适性，格调不张扬但有个性，所有物品，都与家人有关。墙上的壁画，是她的老姑妈自己手制，用丝绸布片制成，古色古香；房间各个角落，随意摆放的小物件，都有故事；钢琴上，精心选来的艺术品，都是自然材质，质量上乘，品位不低。

对翠西这样的美国人而言，生活是什么？生活就是安居乐业。对于不同的中国人，这是早已实现的，正在实现的，或者将要实现的。

21. 她算哪国人？

“我一见你就笑……”，在诺默尔，几乎所有公共场所，人们磕头碰脑打个照面，都是友好一笑，有时来一句：“豪啊油？”“爱慕古德，豪啊又？”我每天定时去健身馆，日子长了，生人就变成熟面孔。人总是对自己的同类更关注，我注意到一个亚裔姑娘，每天来健身，她不游泳，有一身好肌肉，连走路都带着弹性。我们见面总是互相一咧嘴，点头微笑，从未说过话，我拿不准她是哪国人，中？日？韩？都挺像。哲人有言，善未易明，理未易察，人未易识。况且即使她是中国人，也许不会说中文。

这些天，姑娘伴着一个中年女士每天出现，看来像母女俩，眉眼上相近。还是点头一笑。那天在淋浴，又遇见，女士突然说：Do you speak Chinese?（你说汉语吗？）

当然。

不待我问，她开始自报家门了：

父母是宁波人，30 年代为躲避战乱移民到韩国，她是在韩国生的（她的中文很熟练）。父亲 90 多岁，最近去世了，只剩下老母一人了，独自在首尔，过几天她准备带着女儿去省亲。

“要坐 13 个小时飞机呢！真是有点远啊。”嗯，是。

“听说 5 月份买机票很便宜，才 500 多美元。”不知道她的机票买了没。

“女儿已经大学毕业了，前一阵子考牙医，现在在家待着，所以每天出来锻炼。这回跟我去韩国，想在那里工作，教小孩子英语。不知道好不好？”好啊。

“以前我住芝加哥，2002 年搬到这里，原先这里都是田地，这些年发展得特别好，生活十分方便，空气好，不堵车，比在芝加哥好。”是的，我有同感，没去成芝加哥大学教书，我常暗自庆幸，因祸得福。

“住在这里已经 14 年了，家就在机场附近，四个房间。”嗯，不错。

我注意到她后背上晒出了一件衣服的印记，问她：“您是不是在户外游泳了？我见您身上晒得很厉害。”

“哈哈，是吗？我今天 11 点到 1 点多在院子里干活，种了很多菜，韭菜、白菜……要拔草、浇水、间苗，忙了两三个小时……”边说边照镜子。

“嗯，能看出来是晒太阳了。”在太阳暴晒时候干活近 3 小时，身体真好啊。

“我以前在附近的中餐馆打工，就是旁边的东方美食，13 年，很累，后来不干了，现在东地商城（East Land Mall）里一个韩国商店卖东西。挣点小钱。”有事做挺好，我的学生们，有的父母退休了，就到附近商店做义工。

“现在不做了，辞了。休息休息，没事做，和女儿一起来健身。”

“我不游泳，我是跟着教练健身，练器械。”

嗯，看得出来，好肌肉，练出来的。

我站着，听着，她说着，说着……久违了的乡音，好像就在家门口的泳馆里和邻居大姐聊天……

一定很久没有这样畅快地说中国话了吧，我也听得像吃了一顿家乡饭。

她是我的同胞吗？如今的世界，身份认同有点难，法律上貌似明确，内心呢？在洋人心里，在国人心里，在自己心里，她算哪国人呢？

22. 另一个“鸡蛋”

古代中国人礼法最周全，然而现代只能“礼失求诸野”了。在“野”的地方，不依不严不究的三不主义，貌似行不大通，除非有巨款。这里衣食住行有各种行为准则（Etiquette），散个步，也有郑重其事的礼仪规矩：别人徜徉散步道上，你走得快欲从后面赶超，要大声提醒：“在你左边！”以防其人靠右边走得好好的，突然心血来潮往左一偏，正好与你撞上。然而，万事皆有例外。比如“泳法”——泳馆的规矩，我认为不大健全，大而化之，不是俱细，而是从简。

你一定知道泳装的发展史，1900年最早的泳装，不过是连衣短裙，与日常生活裙装相差无几。专门的泳装出现在1909年前后，即连衣裤式泳装。20世纪初，出现了连衣短裤泳装，成为真正意义上的泳装。如今的泳装，连体三角，分体三点，从多到少，越来越少……天体运行最舒服，但是除了自家泳池，公共场所岂能随心所欲？最基本的个人装备是泳衣、泳镜、泳帽。至于耳塞、鼻夹、浮漂、打水板、手划、脚蹼，甚至救生圈、潜水衣、面镜、呼吸管，我在泳馆都见过。

然而，这里的泳馆，泳装有逆向发展由少到多回归日常的趋势。偶见穿休闲装束者，穿鞋者（此处鞋底似无泥），不一而足，坦然入水，无人呵止，亦不自惭。如此装扮，他并不是来水中漫步的，是漂起来游泳！狗刨，偏瘫，或者仰面朝天学郝隆晒书。

从“泳法”的角度,这真是“走鸡蛋”（走极端）了。某一天，我运气好，碰见了另一个“鸡蛋”。

我正寂寞地游着，游泳的人不多，很容易分神，刚一个来回，瞥见池边多了一人,乃一壮男,上身长袖运动衫,下身七分运动裤。初以为是工人。

一转眼，他套上了一身迷彩服，我心想，大概要干什么活吧。

“扑通！”壮男衣衫齐整一头扎进了水里。

我断定他不是来自杀的，因为泳池水位特浅，最浅处只有3英尺6英寸（约1.07米），所以这里没有救生员。清理泳池吗?不像，这个钟点?

正纳闷，他如一艘潜水艇，在水底悄无声息，幽幽而过。

穿迷彩服的应该是特种兵，这使我发生幻觉，像看美国大片，偷袭敌方据点。他速度奇快，一口气憋住，硬是没换气，游完了全程25米!

我游泳有年，从未见过这场面。紧赶慢赶，呼哧带喘，我也快快游到了泳池另一端，他正张着大嘴补气呢。看我露头，冲我友好一笑,大口喘气,貌似狰狞。我忍不住询问:何以如此?他说:

潜水游是为了锻炼肺活量;多穿衣,是为了增加阻力,更大运动量。

原来如此,跟长跑运动员腿绑沙袋跑步一个道理。

他说,让我惊讶,他很 sorry。

乡下人进城,不期然的礼遇,我倒不好意思了。

23. 汉字被“革”了“命”

有空乱翻书。

在图书馆看到了一本洋人写的《学汉字》，大标题下面附小字一行：“学会800个最基本汉字的revolutionary（革命性的）方法。”作者是艾利森·马修（Alison Matthews）和劳伦斯·马修（Laurence Matthews）。

“Revolutionary”这个词我怎么能不认识呢？“革命性的”，革命意味着天翻地覆，是占领，是破坏，也是创新。

汉字是艺术，艺术的门槛很高。20世纪百年一遇的中国通、荷兰人高罗佩（Robert Hans van Gulik）汉字写得好，引人瞩目。胡文辉《现代学林点将录》对这位儒雅多才的汉学家有如下概括：

> 作为个人，高氏最特异处，尚不在其中国知识的博洽，而在其中国文化素养的全面。一般汉学家，能读汉字未必能说汉语，能说汉语未必能写中文，而高氏不仅熟悉中文，更能作文言文，诗词吟咏亦已入流；文学以外，书法、篆刻皆

善，古琴也得名师指点。其通才绝艺，俨然有中国传统士大夫的遗风，不仅非任何汉学家所能及，在现代中国人之中亦属罕有。而且，他身为西国官员，下笔每称“吾华”如何，开口即道“在我们汉朝的时候”或“我们中国在唐朝”之类，更堪称最中国化的汉学家。

像高罗佩这样的汉学家，已经不能算外国人了，连他的中国妻子水世芳，接受媒体采访时都说：“他不是外国人！从我们认识直到他临终，他没有一天断过练字……他实在是个中国人。”

高罗佩是少有的高才，和普通西洋学生不可同日而语，对后者而言，仓颉造字好像就是专门难为他们的，望着一幅幅大同小异的方块“画”，如读天书，写更不知如何下笔。奈何全球一体化，中文已经越来越成为谋生的好饭碗，在美国，据说，会中文的人求职薪水比不会中文的高一倍！无论如何，在通往中文的道路上，汉字是斯芬克斯，外国学生绕不开。绕不开，那就革命吧。且看这本书是如何“革命”的。

上帝说，要有光，于是就有了光。作者的出发点是：在中世纪，一个黑暗的古堡，有人想出一个光亮的主意，如果我们能找到一个办法，把火放到墙上的钉上，那房间里就会有一盏灯了。他们就地取材，用长树枝条沾上烛蜡，做成了简易的灯。

这本书由此想到了一个“闪光”的主意——用故事以及图画帮学习者掌握800个汉字。800字是一本普通汉语教科书可能遇到的汉字总量的 1/3。

实际上，这是一本考试用书，它囊括了汉语水平考试（HSK Level A）的全部 800 个汉字，用现代标准汉语“普通话”，采用简化汉字并标注汉语拼音，由简入繁，循序渐进地编排，把 800 个汉字解剖，重组，用图画、故事帮学习者记住结构，写法，语音，语义。

图片直观，故事生动，人人爱看，因为不费劲，这些都是公认的长期有效的记忆技巧，比死记硬背更容易、更快捷、更有效。相比盯着一个汉字一遍遍念经：“这个汉字意思是灯”，“这个汉字意思是灯”，“这个汉字意思是灯”，……有趣多了。

我把这本“革命”的书推荐给了正为此苦恼的学生们。效果如何，尚未得到反馈。

24. 黑珍珠白玫瑰

上学期，注册汉语课的一班人中，有两个女生，一黑一白。我私下叫黑珍珠和白玫瑰。

黑的年纪小，聪明伶俐，有语言天赋。不论黑白黄棕，哪种人都有聪明人，在我看来，这颗黑珍珠真的很聪明。她一学期同时修日语、西班牙语和汉语，上课常忘了自己在学什么语，有时不免胡言乱语。她有中文名字——马华绘，是前任汉语教师起的，挺中文的。

也许住的地方离学校远吧，她经常迟到，问其原因，直言不讳：聚会，吃多，喝多，迟睡……老实说，我很喜欢她，她成绩不错，再说上大学，谁没有迟到过？迟到的学生往往是高才呢。

冬天时，她戴一顶毛茸茸黄灿灿的狮子造型棉帽子，经常是我正上课，门开了，她悄悄进来，一声 sorry ，表示抱歉，蹑手蹑脚坐下，很快进入状态。我曾送她一首打油诗：

狮头小学妹，雅名马华绘。

姗姗常来迟，上课屡称累。

成绩属一流，为师不责备。

推至白板前，拍照免究罪。

后来她到芝加哥去了。

白的呢，司宓思，这名字我起的，觉得这几个字和她气质契合。

她金发碧眼，25岁了，已为人妻，我见过她的丈夫，年龄比她大很多。不知道做什么工作。她是煮妇，闲着无事，在学院修几门课。她很亲近我，常把她做的好吃的拿来分享，美式拱顶小蛋糕（muffin），美国南部家常饭……甜食我很少吃，浅尝辄止，美国南部家常菜，吃着也不是味儿，但是盛情可感，我请她吃过几次中餐、饺子等。她喜欢园艺，种了不少花草，送我芦荟、仙人掌，放在办公室一盆，放在宿舍一盆，觉得温馨。

课间聊天，听她讲她的宠物猫、吉娃娃。讲她晚上一个人灯下学汉语，拿着镜子，对照唇形练习发音。长这么大第一次接触汉语，与母语差距太大，发音佶屈聱牙，还有张眼拔肚、摇头晃脑才能发出的四声！她早已过了学外语的最佳年龄，汉语对她太难了，她很苦恼，我很理解，不胜同情。

某天晚上，她正张着嘴苦练四声，“妈—麻—马—骂”呢，窗外，一只大狸猫蹲在窗台上，目光炯炯，盯着她看，见她张嘴，突然冲她大叫一声“喵”，吓她一大跳。我说也许它看你学汉语，觉得好玩，也想学呢！大家都乐了。

在日本时，有个日本人同事武田教授说，“日本人说话像猫叫，中国人说话像狗叫”。因日本人说话声低语软，中国人说话嗓门大，铿锵有力。司宓思说中国话，让猫引为同道，看来离地道的中国话还差得远呢，至少在气势上还不行。

PS：

题外话，第二年她没来上课，教师节的时候，专门来看我。她丈夫继承了父母的遗产，一座年久失修的老房子，一座山头加周围一大块地，到处都是野鹿，在密苏里州，开车要好几个小时。冬天他们就搬过去了，虽然工作还没有着落。这个地方在谷歌地图上暂时没有确切地址，很荒僻，小镇人极少，但是靠近马克·吐温纪念公园，这是容易找到的。她说安顿好了请我去做客。

25. 散步有感

傍晚散步
路遇开花大树
一字排列
犹仪仗队伍
香气馥郁

想起巴西木
那年于阳台一隅
默默绽放
似怨似怒
如火如荼

一只孤鹜
凌空俯视
有翅何不归去

天边夕阳已没
铅云集结
浓墨重彩
画出猫狗鹿驼
渐变成
一群怪物

关于“似怨似怒”：

多年前养一盆巴西木，叶片剑形，色碧绿。平日疏于养护，只每周浇一次水，它默默绿着，渐渐长大拔高，几抵阳台顶部，主干一节节的，像竹。后来，又添了许多植物，它已经很高大了，为避免挡光，挪至侧边阳台角落。忽一日，觉屋内有异香，极浓烈，初闻呛鼻，既而噎嗓，找遍全室，始知香源竟是巴西木，它开花了！极浓烈的香，仿佛含怒。甚少照拂，却花香如许，万物有情，我替它觉得委屈。

26. 所谓父母

独生子女政策使孩子成为稀有之物，家庭核心。儿女与父母十几年朝夕相伴，忽一日，孩子要上大学了，要放洋了，父母依依不舍，这时候，双方的心情其实迥异：

儿女一方，心如离弦之箭，恨不能一日千里，离家越远越好；父母一方，若有所失依依难舍，人还没走已然牵肠挂肚，找关系，托熟人照顾，行李收拾又收拾，打点再打点……终于动身了，父母陪伴，山一程，水一程，身向学校那畔行；千里送，万里送，送到学校还不行！赖着不走，粘着不松手。这时候，父母已然成了“魔鬼粘”，就是美国人所谓的“维可牢父母”（Velcro Parents）！

另一种，孩子幸运地在本地上大学（对孩子来说也许更不幸），家门口，离得近，父母方便抽查，有空就可以去巡游，如直升机盘旋上空，一旦孩子有难，随时下降，实时救援！这时候，魔鬼粘父母就成了“直升机父母”（Helicopter Parents）！

中国父母，孩子都是独苗儿，这样做似乎可以理解，奈何美国父母也这样。以孩子为中心的时代，核心家庭多，全世界一样，父母过度关爱，焦虑，不由自主。据说有的美国“直升机父母”甚至干预成年儿女的求职过程，人称“黑鹰直升机父母”（Black Hawk Parents），这种直升机，战力无敌！

中国父母有中式太极招数，孩子外国留学了，鞭长莫及？不要紧，微信、视频、音频，免费又方便，可以常常骚扰，至不济，可以托关系，美国老朋友的邻居，大三的老生某某可以代为监管！总之，父母撒下天罗地网，黄口小儿无所遁形。

面对父母种种劣行，孩子消极抵抗，或者淡漠处置，有的孩子和父母玩猫捉老鼠，玩失踪，除了打钱还信用卡通知父母，其余时间，一年不理你！父母没脾气。

我们不要做这样的父母。

27. 看门识教授

学院的每一位教师，都有自己的办公室。我因客座叨光，也享有一间，办公室大小一样，区别是门和窗，有门有窗当然好，我的却有门无窗。非因外人，无关级别，这里服从“First come, first serve”（先到先得）原则，我是后来者，理应如此。

办公室有什么?

硬件:两桌,两椅,两书架,电话一,电脑一。在系公共办公室,电脑多台,供 part-time teacher（兼职教师）使用,打印机有彩色、黑白，大的小的四台。文具材料、各种耗材、电动削笔刀等统一配置，根据需要随意领取。“硬件”很过硬，“物质决定精神”，美国大学教授的学术科研精神和学术生活方式与此硬件有密切关系。

至于软件,各个不同,随办公室主人术业专攻、修养秉性而定,但是格调有共性: 自由、安静、开放、方便、舒适、干净。

每个办公室都有自己的门贴，这是教师自己的“文化园地”。人心不同，各如其面，门贴不同，各如其人。门贴上的动画图片、贴纸、海报、格言警句，精彩纷呈，幽默有趣，这是教授们的招牌，学科背景不同，气质不同，唯浓郁的学院气息相同。

系主任的门贴：

> If you really want to be a rebel, practice kindness.
>
> （如果你真的想造反，践行善事。）

有没有感觉到系主任的权威神圣不可侵犯？

英语教授的门贴，上面有坐班时间和巫师甘道夫（Gandalf）的名言：You shall not pass!（你将不会通过！）

甘道夫是《指环王》中的人物。甘道夫的扮演者，伊恩·麦

英语教授的门贴

稻草人把门

凯伦爵士曾经在牛津大学告诫学生："If you don't work hard, if you don't do your revisions, you know what will happen?"（如果你不认真读书，如果你不认真交作业，你们知道会发生什么事吗？）

大吼一声："You shall not pass!!"

是的，这是教授震慑学生的法宝之一。

想起罗杰送我的 word Jar（词语罐），其上有字：考试未过学生的骨灰。我也曾携了此罐入教室，煞有介事地放在讲台上，似乎并没有震慑住徒儿们，只引得上课跑了题，从古代私塾，聊到戒尺，师道尊严，臭老九……

这一位新搬来的先生，放一个稻草人，每天骑在把手上，活泼可爱。

系秘书的门贴，有学院的鹰标志。显然她喜欢鸟、猫、鞋子和艺术画。

瞧这图片：一对猫夫妇，姓名：Rusty and Timmy（拉斯蒂和提米），6 岁，我们在教师聚会上相识，现在，我们分不开了。职业：重大新闻事件的报道团队。

契合工作环境和主人的工作性质！

交际教授特意写一留言：

如果你想成为一个成功的学生有困难的话，我们来谈谈吧，我很乐意帮助你。

留言下面是成功学生和困难学生的特征对比表，来访的莘莘学子，请对号入座吧。

音乐教授的门贴，各种格言警句，劝善、劝学：

I do not sell my professional copies to books buyers, instead, publisher reps collect and deliver them to other faculty as a professional courtesy. This helps keep the cost of textbooks down.

（我不把我拷贝的专业书卖给收书的人，相反，出版商代理把它们收集起来作为职业礼貌送给其他教师。这有助于课本降价。）（这是有感而发的，美国大学教材都很贵，好像课本都是商品似的。教育就是产业。）

尼采的话：

And those who were seen dancing were thought to be insane but those who could not hear the music.

（听不到音乐的人，见人家起舞，就说人家疯了。）（典雅版：夏虫不可语冰。）

《圣经》：

Many shall run to and fro, and knowledge shall be increased.

［必有多人来往奔跑（或作切心研究），知识就必增长。］

莎士比亚《第十二夜》名言：

In nature there's no blemish but the mind; None can be called deformed but the unkind.

（心上的瑕疵是真的垢污，无情的人才是残废之徒。）

（朱生豪先生的译笔典雅又诗意。）

人类学教授的门贴：“科学可以告诉你怎样克隆雷克斯暴龙，人类学可以告诉你为什么这可能是个坏主意。”（负责任的实在，切题。）

交际和电影学教授的门贴

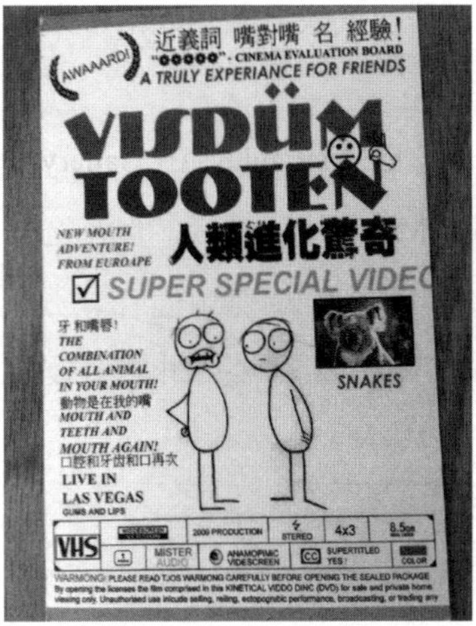

一张有汉字的图片，充满了错误与荒谬

“不是这些鸭子们死了，就是我们在湖里倒栽葱！”

交际和电影学教授的门贴，恐怖片的感觉！一个人正从门缝里看过来。惊悚。

还有一张有汉字的图片，充满了错误与荒谬，这是教授对中国文化、中国文字的感觉吗？

上面右图反映的是视角不同：“不是这些鸭子们死了，就是我们在湖里倒栽葱！”你怎么想？

还有一图：链锁如蜘蛛盘踞，仓门被五花大绑。老子在教育儿子，老子说：“这是我们的感情仓库，如果你有情绪产生，把它带到这里，锁起来！”

这是老爸的经验之谈吗？儿子，对于情感或者情绪，要克制！要理智！

另一图：都市人的七个阶段，平实反映出大多数都市人的一生。

学院有个乔·麦考利艺术画廊（Joe McCauley Art Gallery），本校元老级教授以乔·麦考利（Joe McCauley）命名。他在这里供职 18 年，教过上千学生，对艺术和生活有独到见解。

乔·麦考利的手笔，被电影教授贴在门上，想来电影教授应该也是这里的元老吧。

社会学教授的门贴。

社会学研究什么？当然是研究社会的。社会，对于一个初出茅庐不谙世事的毕业生，充满了未知和恐惧，就像这张图片，一只弱小猫咪，胆战心惊，走过一队虎视眈眈的恶狗，这也许是社会学教授想告诉学生的吧，初入社会，像这只猫，"成功始于自信"，别害怕，往前走吧。很形象的鼓励。

社会学教授的门贴

猫头鹰门贴

一位教授的猫头鹰门贴。猫头鹰是美国人公认的老师的象征。

“睁大你的眼，发现机会，改变某人的命运。”这是教授的职业使命吗？不禁对门内教授肃然起敬。

28. “跪”人多干事

“跪”这动作，由“跽坐”而来，此乃先秦正式坐姿，双膝弯曲接地，臀部贴坐于足跟。

由跽坐，挺起身来，便是跪了，这本是向对方表达礼敬与尊重，寻常之礼，无关贵贱尊卑。康有为变法维新，作《拟免跪拜诏》称“元乃跪，后世从之”。因跪带有强烈的自示卑贱之意，谭嗣同曾抨击清王朝此一严重伤人自尊的姿态：“繁拜跪之仪以挫其气节，而士大夫之才窘矣；立著书之禁以缄其口说，而文字之祸烈矣。”

总之，跪在我国是不同寻常的，除了“天地君亲师”，国人基本不跪。有朝一日双膝着地，那是有求于人，抑或有恩于人，是行大礼了！

初到美国时，某次在停车场，一阵风吹走了我手里的一张纸，那是我列的购物清单，正巧吹到旁边一人的车轮底下，此君衣冠楚楚，可是他立刻双膝跪地，继而趴到地上，伸着胳膊，帮我捡出来。当时我甚错愕，区区一张破纸，无关宏旨，我与他素昧平生，受此大礼，真觉得有点当不起。

在这里，常见跪地之人，都是干活劳作时候。今日散步，又见一男，跪在地上，给汽车打气。在我看来，能蹲却跪，真是费劲。实际上，蹲与跪，只是习惯不同而已。干活的时候，需要降低姿势，跪是十分方便的，get down on the knees（跪下）这个姿势在美国，跟起身、坐下、举手、抬足一样自然，只是一种姿势，非关礼仪，无论贵贱。一如我们堪称国粹的“国蹲”，黄土高原随便一人都能示范得极其标准，有人不可一日无蹲，吃喝拉撒全蹲，不蹲不舒服！

可是，会者不难，难者不会。One man’s meat is another man’s poison.（甲之蜜糖，乙之砒霜。）我们为什么蹲？惯出来的，公共场所，缺椅少凳，两腿轻酸走累了，怎么办？蹲。蹲是东方大国最省便的姿势。可是番邦公共场所，到处都有椅子沙发，有的长椅舒适近于席梦思，位置正好在你累了欲坐之处，所以惯得骨头僵硬，除了瑜伽教练、身怀绝技者，普通人可折腰不为五斗米，你让他蹲下？扑通，给你跪了！

也有例外。车到山前，无路，某种情势之下，只能就蹲。著名笑星阿里沙佛在幽默节目介绍自己到中国旅行的蹲厕经验。某次内急，进了一家路边公厕，登时傻眼，“那不是厕所，那是一个个洞”！可是没有办法，内真急也！只好依样画葫芦，试探着蹲下去，怕一蹲不起，为控制平衡，乃脱下衬衫，挂在前面隔间门闩挂钩上，行事完毕，手拉衬衫助力，也居然平安起身了。

实际上，老外在中国体验蹲厕，当时胆战心惊，过后津津乐道，其间猎奇、探险、炫耀，种种心理，十分复杂。旅行的意义在于尝试新东西，增广见闻，倘能学点新本领，中国游学会了中国蹲，收获也挺大的。

29. 不如意的如意事

此番出国，我是有“使命”的，当然是推广祖国语言文化。小小汉语教师，微不足道，大事做不了，只能做小事，教汉语顺带交朋友。交朋友，最好的办法是吃一顿，某一方势力早就这样搞统战了，我们也应该多请老外吃中餐。吃人家的嘴短，常吃我家饭，好意思说我不好吗？

今年中秋，在伊利诺伊卫斯理大学（IWU）搞庆祝，征得上司许可，我就邀了我的学生同行。大快朵颐之后，晚会结束，出门领月饼，又多拿了一块，我不爱甜食，是准备借花献佛，第二天下午上课给其他的学生。

我的如意算盘拨得噼里啪啦：明日上课，请君喝茶。现场泡制绿茶，让徒儿们看看真正上好的西湖龙井是什么样的。拿了几个玻璃杯（没有茶杯），玻璃电热水壶也带着，再配上一些现成的果仁零食，满满当当一大包。掂掂很沉，不要紧，反正有车。

翌日，上午在学校，坐班时间（office hour）后，中午回家，快到小区路口，堵车了，少有的事情。慢慢往前挪，前方似乎出了车祸，好几辆警车，警灯闪烁，两辆救援大卡车。一男三女四个学生模样的年轻人在路边，看样子是我的同胞，显然是肇事者，车头已经瘪了，玻璃碎片一大堆。马路边，地上坐着一个老者，一条腿蜷着，另一条伸着，触目惊心……

过不去了，前车纷纷掉头，我只好折返，把车停在学院校园里，走回家吃饭。

计划遭到重创！今天很热，30多摄氏度，太阳火辣辣，走回家一头汗。吃完饭，看着大包暗暗叫苦，这下好了，背着大包走到学校，5分钟，够受的。没办法，背吧，走吧，谁叫我突发奇想灵机一动的？灵机一动常常不灵的。好歹走到车边，钻进车里，如进了桑拿房，汗如雨下，好极了！

人说如此如此，天曰不然不然。自以为考虑周全，偏偏开不了车！事情就是这样碰巧的，碰巧我要搞活动，碰巧我要带东西，碰巧出车祸在我必经之地，碰巧天热太阳晒……种种因素凑到一起来碰，碰成了我的“十有八九不如意”。

不过，没关系。

课上得大成功。上课，喝茶，吃饼，聊天，学汉语，效果极佳。詹姆斯，布拉德，两个小伙子以前只知道中国茶就是沃尔玛超市货架上的一盒一盒的小袋袋，“窝嘛得（我觉得）不好喝”，“老师，袋里装的是茶叶吗？”

我怎么知道呢？我只知道，嚼着吃的药片状的冬虫夏草大补片，跟冬虫夏草没什么关系，美国超市里的绿茶茶包也许是真茶，但一定不是好茶。今天我的学生们看见了真正的茶叶，西湖龙井，还有豆沙蛋黄月饼，心满意足的样子。

我也心满意足了。

30. Rule out hate！

上课时，偶然在讲台桌子上看到一把尺子，正面写着 rule out hate（摒除仇恨）。反面是 ten ways to get along with each other（与人相处的十种方法）。

真是巧思。这一把朴拙的尺子，巧妙借用双关，劝人教人，循循善诱。学习工具本身也可以用来学习。

先看背面十句话：

1. 请记住每个人都是特殊的
2. 尊重别人的意见和看法
3. 和别人分享你的主意和兴趣
4. 在活动中不排斥任何人
5. 学习其他文化
6. 别觉得你比别人强
7. 做一个好听者
8. 把每次努力都变成一个好朋友

9. 求同存异

10. 用和平方式解决冲突

想想，这几句劝导的话对我都受用，对血气方刚、初进大学的年轻人，更是十分有针对性了。教育只在潜移默化里，处处留心皆学问，倘若孺子可教，手到，眼到，心到，教育的春风化雨功就达到了。

我想说的是“rule out hate”。

“rule out”，字典上是排除之意，最常用这个短语的是医生。在我们的病历本上，经常看到“R/O 某疾”这个字眼，“R/O”就是“rule out”的缩写形式，排除某疾病。

在病人眼里，这是一个权威的、如释重负的符号。倘若你怀疑自己得了绝症，去看医生，你会眼巴巴盼着医生赐予这个宝贵的“R/O 某疾”！倘若没有，那就等于判了重刑！在医生面前，病人无异于待决的嫌疑罪犯，只待医官排除某疾，判处无罪，那时你会感激涕零。

但是，等待审判结果是令人煎熬的过程，在医生那里，要排除这疾那病，并非易事，他需要从病史、症状、各项检查结果，一步步排除所有可能，最后确诊。你可以相信有仁心仁术的高明医生，那是天使，上天派来特赦你的；无奈，某些貌似治病救人的白大褂，有时确是杀人夺命的刽子手！想想被误切右肾的梁启超先生……

“hate”（仇恨），是人类一大顽疾，战争、杀戮、血腥……由仇恨引发的后果，往往相当严重。有人说：“世上最容易令人老的只有两样东西，那就是仇恨和情丝。情丝令人黯然销魂，仇恨却能让人绞痛入骨，至死方休。”这是多么可怕的病症，一定要“rule out hate!”

至于情丝，那是另外一篇文章的题目了。

31. 美国不亦快哉！

失而复得其一

新车才得三日，模样还未周详，忽一早，不翼而飞，报警得知车被拖走，因无 sticker——公寓泊车许可。初来乍到，怎知就算停在自家门口，也需要许可呢？美国规矩多，无处不在，真是天网恢恢。交 105 元美金罚款取回。合情合理的强盗行为。然车未丢，钱不巨，虚惊一场，不亦快哉！

失而复得其二

去邮局给儿寄包裹，查手机备忘录，填单子，装箱子，托寄，缴费，走人。

回家骇然发现，手机忘在邮局包装台，狼奔豕突回去找，不见踪影，服务员笑眯眯端出："这是你要找的东西吗？"谢天谢地，这里是美国，手机失而复得。不亦快哉！

迷途知返其三

周日雨过天晴，开车兜风，徜徉一马平川大农村，信马由缰正陶醉，却迷了路，"马儿"转了几圈，回到原点。远远但见一辆大皮卡，上插两杆国旗，迎面驶来。拦路挥手求救，车上一家三口，丈夫吉卜赛人装扮，头扎绷带长发飘飘，妻子一头短寸像个猛男，孩子金发碧眼，都笑容可掬。“Excuse me. I think I am lost...（打扰您，我想我是迷路了……）问明我的目的地，一抬手，“OK! Follow me!”（好！跟我来！）乃紧随其后，觉国旗开道，呼啦啦耳畔生风，好不威武。风驰电掣，忽忽离家不远了！“Thank you so much!”（真太谢谢您了！）皮卡男在车里，伸出大拇指赞我，一个拐弯走了。不知他们要去哪里，引我走是否顺路……路遇好人，迷途得返，不亦快哉！

节日惊喜其四

教师节前一日，收到预祝：教师节快了！乃悟那方已然快乐了，这里还差一天，也快了。下午游泳回来，赫然见门上挂一粉色纸袋，内装贺卡：“朋友 to CX From Sadie（给朋友 CX——萨蒂。CX: Chengwei Xu 的英文大写），教师节快乐！”是司宓思，去年的学生。她竟然记得中国的教师节，因为美国教师节是 9 月 28 日，孔子诞辰日。看着礼物：饼干、月饼、巧克力榛子酱，都用礼品纸包装着，扎着丝带，喜气洋洋的，门角落还放了两盆花，我知道是她培育的。上学期她送我两盆花，一大盆芦荟，一小盆仙人掌多肉，养了一阵子，小盆的长得不好，她拿回去，说换一盆，后来，我就忘了。她没忘，不但没忘，还加了一盆！我的茶几变成了一个盆景小花园。

澄心静坐看盆景，生活充满小确幸，不亦快哉！

突然而至其五

图书馆预约借书，本馆太小需从他馆转借，一直无音讯。某日去催，馆员说可能没到。今早突见邮件，催我还书！书还未到，何来催还？急急去图书馆探问，馆员查后回复，有可能放到系里办公室了。急急回办公室，问系秘书，亦不知情，建议看看我的邮箱木格。果然！一堆我预借的书在邮箱木格里！我在学院只用电邮，很少看实体邮箱。取书回馆，办续借。回来细看，每一本都插了精美书签，写好归还日期。大餐来临，不亦快哉！

不期而遇其六

饭后散步，惠风和畅，道旁橡树正开花，鹊声穿树，花气袭人。高尔夫果岭静谧无人，绿草地上，西天橘红色的夕阳欲沉，一路拍照。忽见前方不远处，一对鹅夫妇，鹣鲽情深，也正散步，也许出外野餐，走走、停停，停停、走走。怕惊动它们，不敢贴近，拉近焦距，设置静音，拍了几张。黄昏散步，遇好伴侣，不亦快哉！

一看多得其七

连日好天，云卷云舒，瞬息万状，想起古人看云写云，忽悟古人眼中之云，即吾今日所见瑰丽大观，那时没有污染，也许更美。万物相连，此地天空，幻化出地上万物，英语有羊群云、鲭鱼云……庆幸自己因祸得福，倘若按原计划去了芝加哥，一样堵车，一样污染，一样嘈杂，更有甚者，枪击、抢劫、种种恐怖，如何得了。始知上天待我不薄。佯装好学之人，逢人即请教：“英语里描述美丽的蓝天和云彩的词语是什么呢？”收获如下：

看云

Picture-like, Gorgeous, Awesome, Terrific, Wonderful, Significant, Marvelous, Fantastic, Perfect, Brilliant, Excellent, Fabulous, Extraordinary, Great, Nice, Good.（画一样的，吸引人的，令人敬畏的，极好的，精彩的，突出的，惊奇的，了不起的，完美的，灿烂的，出色的，非凡的，卓越的，棒极的，好极的，好的。）

看惯了方块字的眼，看蟹行文字，看破也没感觉。中国字最美，繁体尤胜，无与伦比，爱我所爱，不亦快哉！

贪小便宜其八

传道授业课毕，好学者仍有惑，继续解之。教室阵地被法语课占领，教授已候门外，速让位，另开楼道站课。惑表达不清，要写，奈何手提一堆麻烦，书包、饭包、水瓶。乃帮一手，替她拿水，令其轻装减负趴墙而写。解惑完毕，各奔东西。回办公室，发现手里多了一瓶水，学生财产被我顺手牵羊了！电话告知：你是否发现自己丢了什么东西？那边嘻嘻哈哈说：“Yes, I know. It’s yours. Thank you. Byebye.”（是的，我知道，它是你的了。谢谢你，再见。）下午零食时间，进补黑巧克力，抬头见水，OK！口腔清爽，不亦快哉！

又占便宜其九

去邮局寄信，存心花掉叮当硬币，不想邮资不费几文，巨款花不出去，柜员见我荷包鼓鼓，花团锦簇，赞曰：Nice!（美！）殷勤询问：“你要不要换成纸币？”始愿不及，岂有不要之理？只怕人家嫌烦。彼时刚上班，前不见客人，后不见来者，她从容取币，摊于桌上，硬币早已按照币值分卷成桶，她一一摊开，边数边报数，念念有词，差两分10元！从桌上零钱小盒拿出几枚，那是顾客不屑找零随手丢弃的，为我凑成一张10元纸币。接手之际有些迟疑，添麻烦还占便宜，岂有此理？灵机一动，打开钱包，抽出一张一元纸币，扔进小盒，心安而去。捐了一美元，省了我力气，不亦快哉！

32. 一封长信

亲爱的老师：

今天，我们的当地报纸报道，朝鲜领导人金某某，声称对正在进行的核导弹测试负责，这些导弹可以达到中国、日本、韩国和俄罗斯的一小部分。我确实知道像世界上大多数地方一样，我们的总统候选人们都非常关心这个问题。我知道，1950年初，美国对朝鲜发动了一场战争（严格说这不是一场战争，而是一个警察行动），战争以双方都宣布胜利结束，许多人被杀害。从某一点来说，我知道中国与朝鲜关系较密切。如果小丑川普先生当选，对他来说这将是一个非常好的机会，他将在朝鲜天空倾倒下一堆导弹，并向世界宣称："谁是下一个？"这是非常严肃的事情，你如何评价这种情况？

杰西遇到了一个她的"男朋友"——这是她的话不是我的。她住在加利福尼亚州欧文，一个越南裔家庭。她有一个单间和私人浴室，房间很像一个中西部汽车旅馆，她每月支付1000美元。在我看来这相当高。她的“朋友”，是加州大学伯克利分校的毕业生，并在高科技的某个公司工作过3年，如今回到伯克利分校做研究生。他是中国人，来美国10年了，所以他的英语一定是相当不错的。他叫安迪。杰西在加利福尼亚州欧文，而安迪在伯克利，这两个城市离得不是很近，经常会面不容易。电子邮件、脸书、短信和手机是他们交流的主要模式。雪莉和我只是默默祈祷，希望所有的事情顺顺当当。我们知道杰西目前的工作性质（飞机，旅游，到处出差）不允许她有很多时间交往亲密的朋友。

刚刚过去的这个夏天，乔伊斯和安娜做了一个有点远的长途旅行，到东海岸考察一些高校。她现在心仪的大学是康奈尔大学，但我们不知道学校是否喜欢接受她。她现在当地的大专学习微积分课，得了个2分，乔伊替她聘请了家教帮助她，不见什么起色。她想走杰西卡的路，但可能这并不是她的最佳路径。她周末在当地的博物馆工作，还在当地的宠物商店负责捡拾宠物粪便。

当然，在我们生活中，大事件即将到来，9月25日是我们的50周年结婚纪念日。整个事情自9月21日开始，直到28日结束。它像个大任务，慢慢临近，压倒一切，我感觉要失控了。

接着，昨晚6：45至9：30之间，有人进入了我们的公寓（不是破门而入，是悄悄地），拿走了门内一个小桌子上的老式录音机。别的什么都没动，没拿钱，没损害其他东西。我猜测，此人一定认为这是一个枪盒或有价值的东西，当他/她打开以后看到里面的东西，他很有可能立刻扔进垃圾桶里。如果拿到当铺，可能只给10块钱，当铺只要20元就把它卖掉。

这几天，我的背部感觉非常糟糕，我会去看医生，希望能得到一些帮助。然而，此刻，当我坐在这里，我一点儿也不疼。不知道为什么。

上周末（美国人称之“劳动节”）有50多人在芝加哥被枪杀。我不知道这个国家其他地方有多少人死于枪击。一个录音机好歹还能再换一个，但一个人的生命就不能这样说了。

注意安全。

在路上

R. C. （罗杰）

33. 花钱买“疯”

早晨散步，迎面遇见一群跑步的“疯子”。

这是我第一次在这里看见如此稠密的人群。有小团体，穿着一色的T恤；有大单位，装备齐全气派；一家人，老的少的，大的小的；夫妻，情侣衫一望而知；朋友，手腕佩戴一式手环，脖子一式三角巾……五花八门杂牌军，各具特色，或鱼贯而行，或一窝蜂，大块头挺多，远远地，一座座“小山”在移动……

这是疯狂充气5公里（Insane Inflatable 5K）跑步活动，在全美各地不定期举行，似马拉松又非马拉松，参加者先注册交费，取得资格，方可参加狂跑（Crazy Run），成为“疯子”。这次是在学院家门口举行。

海报说：

> 疯狂的充气障碍5公里跑步，来到了你的家门口！
>
> 准备好体验世界上最好玩的、野性的、疯狂的障碍跑吧！
>
> 在世界上最大的充气障碍物上“充充气”。

在其中

快来吧，像孩子一样，疯狂一回！

早几天，路过Corncrib（玉米穗仓库）体育馆，就见马路边放了一排20多个活动式塑料房子，不知道是做什么的，原来是为这次活动准备的方便厕所。计划未启动，服务已先行。

玉米穗仓库是学院的体育场馆，很大，每有活动，也是计划未启动，广告已先行。马路两旁的草地上，先插上一溜小旗子，上面有字，人人看得见：Game Tonight!（今晚有活动！）路过者一目了然，哦，今晚体育馆有比赛，比赛广而告之，没什么不可告人的。

美国人组织的活动，有效率，井然有序，重要原因在于管理水平，活动早已形成一整套固定程式，组织、运行十分方便，活动常与效益挂钩，除了经济效益、挣钱，还有社会效益、社会意

攀登

义，精神文明物质文明密切结合，一举两得。最重要的，各司其职，每位参与者，做好自己分内的事。

网上文字说明，做得仔细，劈头一句：Go Big or Go Home？Swim or Sink？（干一番大事还是回家？畅泳还是没顶？）立刻抓住人的心了。

接着，注册，实际是买票，入场券三六九等任选，但是，劝你买最贵的票！因为它有特权，因为你爱的人在里面。为了你爱的人，还在乎这几个小钱吗？亲情最重要！我爱的人在里面，我当然一定要参加，捧场，观战，助威，呐喊，加油……交钱注册吧！

无忧无虑第三步：Get the scoop on everything？（抢先知道所有的事情？）详细的活动说明，心细如丝，你想知道的一切都在这里：

当天停车何处，几点出发，带何东西，有无安全检查搜包？

带上信用卡、驾照，军人证明有折扣，穿合适的鞋子，帽子，椅子，毯子，水……

特别注明，比赛地点与众不同，会带给你独特的体验，大多数地方不是人行道，是在草地上跑，松软的草地，既软又密，户外的绿色地毯，保证整个路程都与充气有关!

全部跑程大约 5 公里（3.1 英里），根据天气情况设一两个喝水站，可以自己带水。起点终点彼此相邻，就在中途服务站……

那么，来吧，疯跑吧……

34. 狼狈一天

You are invited to attend the celebration of the

Fiftieth Wedding Anniversary

of

Roger and Shirley Cunningham

on Sunday, September 25, 2016,

at the Universalist Unitarian Church

3000 West Richwoods Boulevard

Peoria, IL.

3:00 PM – Early Music Concert

performed by

CleaGalhano and Lisette Kielsen,

recorder teachers of the Cunninghams,

and Carol Wessler, a Peorian,

playing viola da gamba and harpsichord.

Following the concert there will be

a buffet reception in the fellowship hall.

It would be a great gift to us

if you, your family and your friends

could attend the concert and/or the reception.

（诚邀您参加

罗杰和雪莉·康宁汉姆夫妇的

结婚50周年纪念礼

时间：2016年9月25日，星期日

地点：伊利诺伊州皮奥里亚

西里奇伍德街3000号一神教堂

下午3：00—早期音乐会表演

演出者：克里格汉诺和莉泽特·基尔森

——康宁汉姆夫妇的竖笛老师

及卡罗·韦斯勒，皮奥里亚人

演奏古大提琴和羽管键琴

音乐会后在友好大厅设自助餐招待会

如您、您家人或朋友

能赏光出席音乐会或自助餐会，将是我们的莫大荣幸。）

罗杰和雪莉的结婚50周年庆典，时间、地点、音乐会、自助餐等，详细列于印刷精美的邀请函上，活动盛大，场面隆重，令我期待。几个月前，主人就开始忙活，并告诉我，作为主人的老师，我乃首要嘉宾之一，我是一定要参加的。

Yes, of course! But，（是的，当然，但是，）

到了那天，事情成了这样的：

这一天真狼狈

今日何日？
不宜出行。
出门遇雨，
电闪雷鸣，
雨刷最快也看不清。
欲罢不能，
战战兢兢，
打开双闪，
勉力蜗行；
可是可是，
终究祸不单行，
不知何故，
谷哥罢工！
时距典礼开始
仅十几分钟，
摸到不知名小镇，
打听路径，

竟还有半小时车程!
庆典怎能迟到，
仓皇闯入，
喧宾夺主，
扰人视听?
天不作美，
“孤狗”作梗，
电告主人，
去不得也!
当机立断，
回家，游泳。
调转“马头”，
一路向东，
雨稍缓，甚从容
…………
泳完，天晴。
天蓝云白，
丽日和风。
十有八九不如意，
人生常情，
风雨过后见彩虹，
今日明证!

35. 应急演练

周五，学院有常规应急演练，郑重其事。先是安全总监在学校邮箱，给所有员工发信：

全体员工请注意：

1. 2016 年秋季应急演练 LOCKDOWN Drill（防范禁闭演练）准备。

2. 这是定于周五、9 月 30 日的应急演练的提醒，2016 年这次演习将是一个防范禁闭演练。防范禁闭与 SHELTER-IN-PLACE（就地避难）、人质处境和枪击案的事件有关。

3. 在演练中，你应该待在原地，关闭入口、门、窗、百叶窗、窗帘，关掉所有的灯和设备（投影仪），离开窗户，帮助他人，保持沉默，并等待进一步的指示。

4. 作为提醒，本次活动十分必要，它是我们应对所有类型紧急事件反应的持续培训。预定持续约 60 分钟，比以往演练时长很多。请保持耐心，因为将采取许多行动保护你的安全。

5. 此次演练过程中，你最安全的地方是锁定在你的办公室或教室/实验室。

接连几天，陆续跟进的提醒，不断发至邮箱：校园有哪几个停车场关闭，哪个停车场可以使用，整个办公楼长廊，每个系的专用咖啡厅关闭，其中的微波炉、冰箱等电气设施暂停使用，午餐自行解决等。

好了，万事俱备，只待演练。

以前参加过恐怖袭击的应急反应演练。大会堂里，人头济济正在开会，突然，十几个头扎绷带、端着冲锋枪的蒙面匪徒闯进来，粗声戾气呵斥：举手！抱头！趴下！

虽然事先有通知，是演习，但是这种事百年一遇，非常规活动，大家心理准备不足，有胆小的同事吓傻了，眼泪都掉下来……

在办公室，一会儿，系主任来了，告诉我演练时“你什么都不用做，只把电脑关上，电灯关闭，静静待着就行了”。

约近11点，广播来了：“这是应急演练通知，这是应急演练通知，请关闭一切电气设备……”

霎时间，跌入黑暗里，周围一片死寂。黑暗中，有一个声音响起：

Hello darkness, my old friend,

I've come to talk with you again,

......

（嘿！黑暗，我的老朋友，

我又来和你交谈了。

…………）

在无边的黑暗里，时间骤然停滞，又仿佛回到从前……

等待……等待……我艰难地站起来，慢慢活动，做“米”字操。

不知道写了多少个“米”字，头昏昏然，茫茫然。

《寂静之声》萦绕心头，挥之不去。

良久，广播终于响了，演习结束，楼道里立刻喧哗起来。

这种演习每个学期都有，除了我，大家都习以为常。

36. 莫名其妙

健身俱乐部（La Fitness）是本地最好的健身中心，会员众多，什么人都有。场馆两层，各种健身器材十分齐全，还有瑜伽馆、自行车馆、网球馆、羽毛球馆、游泳馆……设施先进。除了天寒地冻有碍出行之日，春夏秋冬，每天锻炼的人络绎不绝，打球的，跑步的，练健美器械的，练瑜伽的，游泳的……我游泳为主，偶尔拽拽牵拉机（Row Machine）练臂力。

某一天，像往常一样，进门先拉"划船曲"，身上微汗算是热身。然后提着健身包进了女更衣室。这是下午，像往常一样，女更衣室三两个人。

换好泳衣，戴上泳帽泳镜，冲淋身体，披着白色的大浴巾，到泳池边。把浴巾挂在墙上，下水，畅游。游完 1000 米，上岸，披上浴巾，出泳池，进淋浴房，再冲淋。然后，披着浴巾，二进泳池，因为 SPA 按摩池就在泳池边上，在里面泡 5 分钟左右，出，披上浴巾，回淋浴房冲淋，再进桑拿房干蒸。

是的，你看出来了，我强调的是我的白色大浴巾。

我是个懒人，家里洗浴用品，向酒店学习，一买一批，省时省心，白色普罗大众又干净，“搞得家里像酒店”，这是我大学好友的批评。那年她来，以白床单床罩待客，她觉不便，又雪白晃眼，跟我抱怨，不像是住进了闺密家，而是冷冰冰的酒店！这是我的怪癖之一。当然我还有很多其他怪癖。

话说这一天，泳馆像往常一样，三两个人，我游完 1000 米蛙泳，上岸，冲淋，预备进 SPA 按摩池，突然觉得白色浴巾湿湿的，曾看到有人把浴巾搭在桑拿房内电热炉的围栏木架上，蒸干水分。我有了东施效颦的想法，何必每天那么死板，打乱一下固定程式，也把白色浴巾搭在围栏上烤烤，等 SPA 回来，桑拿完再披上，擦身会很干爽舒服。

很好，桑拿房没有人，放好浴巾，我去 SPA 了。回来，透过玻璃门，看见白浴巾的影子，心想，可能快蒸干了。

先洗澡，我的隔壁有人正在洗，是个高个子的白女人，隔着浴帘，看见她的头露出一大截，一会儿，她出去，走了。

我磨蹭一会儿，也洗完，欲进桑拿房拿浴巾，赫然发现白色浴巾不见了！奇怪！明明刚才看见在的，难道是我看错了？在这里我还从未丢过东西呢。西媒常说东方某国人的素质普遍偏低，丢了东西找不着，番邦人的素质高，因为富裕、自律。再说，区区一块破浴巾，私人贴身用品，谁稀罕这东西？可是，我的敝帚自珍的白色大浴巾，确实不翼而飞了。

狐疑着，出了桑拿房，到更衣室，看见了那高个子的女人，正急急忙忙穿衣服，有点手忙脚乱的。她五六十岁，应该比我大，也说不准，外国女人显老，我因面黄肌瘦在貌似年轻这一点上略占优势。冲她一笑，突然看见一块白色的大浴巾，叠得方方正正放在健身包上，她没有拉上包的拉链。

这不是我那块大浴巾吗？它很大很厚，白色略带一点儿米黄，土耳其造，在这里我还没有看见和它相同的。我径直拿过来，说："That's mine."（那是我的。）她似乎有点慌张，也许并没有，是我自忖，她爽朗地笑起来："OK. Take it..."（好吧，拿走吧……）后面的话我没听清，我转身走了。我有点情绪激动，情绪激动时我的耳朵就不好使了。她似乎在解释她以为那是健身馆公用的。

她不知道这里从不提供公共浴巾？我不知道她是怎么想的。

有时候一个人认为理所当然的行为，不知在别人那里竟成了不可解的东西，昭昭昏昏，昏昏昭昭，如是而已。

37. 极品泳者

在美国游泳，真的见世面。

近日每天下午，泳池必有一高手出现。高高瘦瘦，银发绿眼，四肢修长，体态挺拔，一望而知常游泳。年纪不小了，皱纹深深，但很精神。

他有严格的一整套程式：

手提大包，里面当然是游泳的武器装备，池边一放，穿戴泳衣泳镜，翩然入水，并不游，水中跪地，他很高，池很浅（最浅处 3 英尺 6 英寸，约 1.1 米），双手合十，高举头顶，伸展，数分钟乃止。

身体一纵，跃上池边，戴大脚蹼，再入水，一个翻转，开游！仰泳。初，不平躺，头露出水面，双掌举起，与头等高，身体呈太师椅状，唯脚蹼打水，如鱼尾摆动，至另一端，又一个翻转，只见水花飞溅，人已回至池中央。如是者数十来回。

再仰泳，仰面朝天，头没入水中，双掌合十，与身体垂直，高高举起一动不动，如小船挂帆，仍脚蹼打水，速度极快如鳗鱼，全程 25 米不见换气，静悄悄速行，到头，稍歇息。如是者又数十来回。

戴红手蹼，仍水中跪地，高举头顶，转身，先身体向左，继之向右，伸展数次，一丝不苟，数分钟乃止。

深吸一口气，蹬池离岸，仍然仰泳，此时手脚并用，红色手蹼如螺旋桨，飞快转动，须臾到岸，一个翻转，水花飞溅，折返，速度快极！如是者又数十回。

稍歇息，改自由泳。然动手不动脚，腿夹浮漂，双脚并拢，红色手蹼转如风车，动作极其精准，速度快极。如是者又数十来回。

太特异了！久之，我们混个脸熟，偶尔打声招呼，某次我问先生：您一次游多少距离？他说 2000 米，这是定数。他一出现，池中其他“泳蛙”就相形见绌了。

每天如此，似表演，极好看，我也觉得像看表演。可是，人生如戏，人生不就是一场长长的或者不那么长的戏吗？我们每个人都是演员。

这位“尖头鳗”(gentleman)是个好演员。他一定游泳有年，这一套固定程式，是有恒乃得的套路。锻炼是枯燥的，能使枯燥变得有趣，吃力成为休闲，你能说他表演得不好吗？你不该倾力赞叹吗？

在这里，我常遇见好演员。曾亲见一位年近八旬的老太太，一头银发，泳衣鲜艳，她在水中走路，花枝招展，两手戴一双惟妙惟肖的鹰爪黑手套，我看那完全是装饰，贴着泳池边缘，溯洄一趟，溯游一趟，在水中怡然自得。头与手，黑白分明，甚好看。她也在表演，貌似锻炼，我觉得她在玩，玩得好，让人赏心悦目，一如那位“尖头鳗”。

遇见人外高人，方知天外有天，我的游泳，唉，想想有些自惭。井底之蛙，只合望洋兴叹。

38. 若无其事

退伍军人公园路（Veterans Parkway）是小镇上一条繁忙的主干道，双向八车道，上路的汽车车速都很快，真正的车水马龙。道两旁都是商业区，一片一片的，号称 plaza（露天广场）。健身馆就在一个卖场里面。

今天是周六，车很多，但是照例有序，不见拥堵。我从匝道进入，前方约 200 米处是红绿灯，突然，"砰"！很响的金属碰撞声，在我左侧车道，前方两车追尾了！似乎不太严重，前车尾部好像没有明显变形，也没有零件碎片掉下来。

被追的车并没有停，车被顶，司机没有感觉吗？或许这位是个马大哈？不对，速度慢下来了，看来知道了；肇事后车也没有停，也减慢了速度；前车打了右转向灯，后车紧跟着也打了右转向灯；两车一前一后，右转，进了旁边卖场的大停车场……

其他车辆照常行驶，交通没有丝毫影响。

我不能停车，后面的情况不得而知了，目睹这平静的追尾过程，心却陡然不平静了。

开了多年车，我知道的马路机动车事故，似乎从没有这样若无其事。经常是两车剐蹭，理直气壮横在路中央，司机大摇大摆下来，先查勘自己的宝座，然后，视财产受损程度和车主涵养，或许好言以对但脸比驴长，或许大吵大闹恶语相向，甚者出其不意武功开场……围观者众，路面堵得水泄不通，等警察来。警察终于来了，更堵了。更多的围观者。我不能说这是警察来的缘故。

有人总结堵车规律："前方堵车了，一定有警察！"这是偏激不讲理的话，也不近人情。人民警察于严重爆表的雾霾天立马路中央练站桩功，那需要怎样的牺牲精神？换你，你愿意做吗？

有人总结某城市堵车几大原因：

1. 道路规划设计不合理
2. 交通标线不够人性化
3. 立交桥设计建造只考虑美观性，不考虑实用性
4. 公交车站的不合理设置导致大堵车
5. 司机本身的素质太低
…………

是的，我同意，这些说得都对。路有问题，根本的问题，规划，设计，交规，标线，路权，种种问题，出发点不是为了出行顺畅，外行做的事，砖家而非专家做的事，利益问题，水太深，非我知

之也；人的问题，也很大，路盲，路抢，路挤，路怒，路霸……

在异乡开车，爽快舒畅的时候，我常浮想联翩，我仿佛看见：自己正建言献策给管理部门，以亲身经历，慷慨陈词：

> 每年出国考察的人那么多，公费，私费，各行各业的，私费是人家的自由，花的是自己的钱。公费的呢？都考察了些什么呢？要是有一些专业人士，在这里也住上一年半载，所费不高，好好研究一下，回去为自己的马路认真画画道道，清楚标线，细化标示，严肃行车规则，从顺畅的角度，从平等的角度……能不能？能不能？

恍惚中似有另一个“我”在嘲讽：你是谁？居然这种口气，夸夸其谈，于事无补，Nothing will work unless you do!（除了实干别无他法！）

39. 风刀霜剑的日子

“一年三百六十日，风刀霜剑严相逼。”

——林黛玉《葬花辞》

黛玉此言是惜花自怜，感叹人世严酷恶劣。我说的不是这个意思。

每天的日子，似乎平平常常，过了中年以后，日子常觉如江河直下，一泻千里。最惊心的是诗人洛夫的这段话：

> 放下满过而又空了的酒杯，我望着那株已绕室一匝，迄今犹无倦意，且仍然在作无限延伸的锦藤出神。多么虎虎有劲的生命啊！但爬行得似乎太快了些，亦如人过中年后那汹涌而来的岁月。

岁月流逝，自然的法则。阴阳潜移，春秋代序，物类衰荣生杀，人类生老病死，谁也挡不住，时间永不停息，不纵也逝，看似每天一成不变，人仍是人，我还是我，但是，有朝一日，人生无常之事发生，才猛然惊觉，又有这么多日子过去了，我实已非我。犹记去国赴任前老同学聚会，如今一人已永诀……

造化弄人，在不知不觉的渐变中，量变成质变了。

这一日，我正徜徉泳池，见老泳友教授夫妇相携而来，搀扶着进了大厅。

俄顷，见二人从女更衣室入口一起进来了！八九十岁的人了，今天糊涂了吧？不过，估计女更衣室也没人，九十老翁，戴着帽子，更像老太太……有点忍俊不禁。

奇怪，二人一起进男更衣室去了，这是怎么回事？男更衣室这个时间估计也没人吧，希望没有人。

须臾，老太太退出来，重入女更衣室。

又一会儿，老先生进来了，缓缓下水，开始活动。

许久，不见老太太露面，“今天怎么这么慢？”

我快游完，老太太终于进来了，披着浴巾，不下水，坐在泳池边，我上岸，过去打招呼。她一脸潮红。

“您怎么了？身体不舒服吗？”

她跟我说：“医生让禁游了，以后只能蒸一下桑拿，我蒸几分钟合适？”

“您顶多 5 分钟吧。”

“哦，知道了。”

“您多保重！”

我走了。

第二天，没看见他们。

第三天，仍然没看见他们。

…………

每天的日子，平平常常。人就像战士，以血肉之躯，跟岁月作战，对抗着“一年三百六十日，风刀霜剑严相逼”的每一日。锻炼就是向生老病死宣战吧，是抵抗，是拖延，逆袭是不可能的，唯将过程拉长而已，在时间的步步紧逼面前，人节节败退是必然的，但是不战而退，不是更狼狈吗？我知道我有点悲观，我是个悲观的理想主义者。

想也想不清。万物皆有时，生有时，死有时，到时就走，戏完幕落。

一花一世界，一沙一天国；君掌盛无边，刹那含永劫。

40. 装在盒子里的小丑

1925 年创刊的美国知名周刊《纽约客》最近有一期封面，是一位 T 台走秀的胖女士，身穿比基尼，斜挎绶带，上书：Miss Congeniality（“同性质”小姐），金发披肩，头戴皇冠，眉头紧皱，目光低垂，两颊涂泪，一手扶头作头痛状，一手怀抱一束红玫瑰，在走猫步……下面一行小字说明：

She was the worst we ever had, the worst, the absolute worst, she was.（她是我们有史以来最坏的，绝对是最坏的人。）

She，明眼人一看即知是川普！是开川普的玩笑。好极了！

同时，这一期的“卡通休闲室节目”（The Cartoon Lounge）*Thinking Inside The Box*（《播音室内的思考》）做了一集妙趣横生的恶搞川普 Video（视频）。

栏目主持人鲍勃·曼考夫，漫画家，他有两手同时写画左右对称的绝活，其主持风格也轻松幽默。

这一期，他和年轻助手一起出镜，介绍说栏目收到了一封奇特的信，是 R. 沃茨（R. Worts）先生（或者女士）写来的，这位艺术家看了《纽约客》的卡通画封面，看着看着，有了灵感，遂做了一个盒子，就是川普形状的削铅笔器组合。

打开木头盒子，先看到一个迈克铅笔，上套握笔器，然后是戴着淋浴帽的玩偶候选人，一望而知是川普，一头好看的金发，酷肖真人，还是活动的，带有磁性的。

利用磁性可换上另一款川普的头，独眼海盗式，红色帽子上写着“MAKE AMERICA A GREAT WALL OF CHINA”（为美国造一座中国长城）。众所周知，川普要比照中国的长城在美墨边境也修一道伟大的墙，用以阻挡墨西哥人偷渡美国。

还有一个方形毕业生帽子，可以替换，上带小绳，一拉，原来是个比萨饼外卖盒，盒内仅有一小块吃剩的比萨饼残边。好像在说：“嗯，看吧，这就是川普脑袋里的货色，好可怜。”这个帽子意味深长。

除了好玩，还有实用功能，把铅笔插进川普大张着的嘴里，一转，削铅笔的声音，“咔嚓咔嚓”，恰如川普大嚼比萨饼。川普说话也很“Cut”（斩绝）！你听：“我可以使美国更伟大。”“我什么都可以做！”决绝，果断，Cut! Cut!

设计师一定是个心细温柔的人，为了打理川普一头好看的金发，盒子还配备了一个小梳子和发胶，真是匠心独运，体贴周全。

所有玩具均手工制造，艺术家说花了 80 到 100 小时。

请想一想，这位艺术家，总统选举的老粉丝，花近 100 小时制作这个有趣的玩具盒子，不为别的，只为表达自己，玩笑地、揶揄地、幽默地然而又鲜明地传达出自己的政见，整个制作过程，艺术家一定快活极了！谁说成年人不能做游戏，你看他玩得多好！

川普也会看到这个盒子吧，此君在美国人眼里好坏不一，我对他的印象就是他说的那句话：“I am rich. I am very rich! ”（我有钱，我很有钱！）罗杰说，今年的两个总统候选人都不怎么样，大多数美国人都不满意，但是希拉里比川普要强：“你知道小布什可以说是美国历史上最差的总统了，哼！那个牛仔！但是川普比他还糟糕！他只会说大话，他不知道这个世界需要合作，他只是蛮横，如果他当选，他一定会在朝鲜投一堆核导弹，引起连锁反应，后果不堪设想！我那时绝不敢在美国待着，我会住到中国去，或者新西兰，我不是开玩笑，我是认真的！他就是一个 Buffoon（小丑）！”

不知小丑川普看了这个盒子会作何感想。

41. 雁阵诗意

世间万物共生，人最聪明，取法自然，为人所用。譬如五禽戏、大雁功，就是取法鸟类而得。五禽戏最后一招，是学鸟，“鸱顾，身不动而回顾也”。大雁功是在此基础上，模仿大雁本能动作，总结出一套气功方法。杨绛先生曾练此功，觉得强身健体，收效甚巨。

春去秋来，天气渐凉，大雁南迁，成群结队的北美野鹅、大雁不断从头上经过，有时飞得很低，嘎嘎叫着，充满热情，排成“人”字阵或“一”字斜阵，并定时交换左右位置。这就是雁阵。

科学家研究，雁阵飞行是飞得最快最省力的方式，一群“人”字队形飞行的大雁，要比具有同样能量而单独飞行的大雁多飞70%的路程。飞行中，后一只大雁的羽翼能够借助前一只大雁羽翼产生的空气动力飞得更省力。而飞行一段时间后，交换左右位置，如行军布阵，使另一侧的羽翼也能借助空气动力，缓解疲劳。

据说企业管理模式也有“雁阵理论”。部门行为与全局行为之间的关系一如雁阵，借助团队的力量飞得更远，协同作用也会增加70%的力量。真是聪明如雁，各取所需。

最无用的文人，从雁阵中看见的是诗，是哲理。约翰·济慈说："我可以肯定的只是心的情感的圣洁和想象的真理。"

与雁阵有关的两首诗。

其一是美国作家、诗人玛丽·奥利弗的诗《野鹅》。

你不必善良。
不必
跪行一百英里，穿过荒凉的忏悔。
你只要让你温柔的身体
爱它所爱的。

告诉我，你的绝望，我也会告诉你我的。
同时世界继续。
同时太阳和雨溪中清澈的鹅卵石
正在穿越风景，越过大草原，
穿越幽深的树林，山脉以及河流。
同时野鹅，在洁净蔚蓝的高空，
正再次飞回家乡。

无论你是谁，无论多么孤独，
世界为你提供了想象，
召唤你，像野鹅那样，严厉并充满激情——

反复宣告
你在万物中的位置。

（倪志娟译）

还有一首，《有东西告诉野鹅》（*Something Told the Wild Geese*），是为孩子们写的，用诗意语言讲科学知识。作者瑞秋·菲尔德（Rachel Field，1894—1942）是儿童文学作家。

Something told the wild geese
It was time to go;
Though the fields lay golden
Something whispered, ‘snow’.

Leaves were green and stirring,
Berries, luster-glossed,
But beneath warm feathers
Something cautioned, ‘frost’.

All the sagging orchards
Steamed with amber spice,
But each wild breast stiffened
At remembered ice.
Something told the wild geese

It was time to fly—

Summer sun was on their wings,

Winter in their cry.

（有东西告诉野鹅

是时候去了；

虽然田野是金色的

什么东西低声说——“雪”。

叶子是绿色的，令人兴奋，

浆果，闪着光泽，

但在温暖的羽毛下

请注意——“霜”。

果园里，果实累累压弯枝头

一派琥珀色的丰收气象，

但每个动物的胸脯会僵硬

还记得冰。

有东西告诉野鹅

是时候飞了——

夏天的太阳温暖翅膀，

冬天让它们哭泣。）

42. 甚矣“洋为中用”

美国食品花样名头特别多，看包装，好多 Free，即“不含”之意，Fat Free（无脂肪），Sugar Free（无糖），Transfer Fat Free（无反式脂肪），还有 Gluten Free（无面筋）。Gluten 是面筋或者麸质，何以这个也要 Free？这世上还有不能吃面粉的人？查资料，据说美国有多达 1800 万人对麸质过敏，有人估计，2016 年无麸质食品的市场为百亿美元。现在这里流行无麸质，健康人士首选。不知道是不是一个新名头，有科学知识、统计数据做后盾的普罗大众是相信科学的，然而，科学有伪。就像西红柿到底生吃还是熟吃，谁说得清？不含这，不含那，越来越细，越来越复杂，选择太多了会头晕眼花，这是“相当文明的野蛮社会”的困境，一群人围剿另一群人，永远如此，这种发展模式，在全世界蔓延开去。

西餐面包中，夏巴塔（Ciabatta）是意大利传统样式，原名科摩拖鞋面包——Ciabatta di Como (Slipper Bread of Como)。Ciabatta 即意大利语“拖鞋”之意。看见夏巴塔面包，那形状立刻让我想起家乡的挎包火烧。

拖鞋面包与山东挎包火烧来历如出一辙，只是味道、吃法不同。或许先入为主，或许小时记忆走了样，记忆往往靠不住。不管怎么样，我吃着夏巴塔，只觉嚼得下巴酸，这比吾乡的挎包火烧差远了!

另一种家常面包是英国松饼，它的发明地并不在英国。1880年，英国人塞缪尔·托马斯在纽约自己的面包店，仿照维多利亚时代的英国海绵松饼，做出了这种柔软的、薄薄的小饼子。

它与家乡的麻火烧形状相似，吃法味道也不同。祖母最爱吃的就是麻火烧，可是我印象里，祖母吃的次数太少了。

最平常的是比萨饼，商店里的冷冻半成品种类繁多，它和山东大烧饼形似而神不似。一个圆饼底，上面添加各种半成品的食材，但不知饼底面粉好不好，番茄酱可能有添加剂，奶酪、橄榄油也许不那么正宗，食品加工成分越多越可疑，附加值，你懂的。比萨饼就是各种奶酪加菜肉集结号，快餐而已，虽然它出炉并不快。什么都有，就什么都不是了，烧饼就应该是烧饼，否则就不对了。久矣，吾不食家乡大烧饼!

曾几何时，西风东渐所向披靡，长法棍，大列巴，各种花式面包,全麦、燕麦,吐司切片,纷纷登场国人的面包店。洋面包入侵，顾客盈门。一切都是洋的好，村姑乡少有洋名，不是伊莎贝就是杰夫里，其实还不是村里隔壁的二妞和狗剩子？楼盘起个洋名也好卖，罗马家园，普罗旺斯，其实还不是一排排树小墙新画不古的有名无实的空房子！莫说洋奶粉了，保质期一年的鲜洋奶，大无畏之人敢买，真大无脑也。洋快餐是垃圾，这种观念至今国人还未普及。

其实，很多洋面包、洋饼子，意大利系列的，法国系列的，我们也有，大同小异而已。

可是，我们的好东西，都哪里去了呢？长太息以掩涕兮，唯有掩涕！

43. 无用之用的马苹果

惠子谓庄子曰：吾有大树，人谓之樗……大而无用……

——《庄子·逍遥游》

从我的住处出小区上大路，是个丁字路口，对面是一块农田，路边几间房子，像是农田办公室，又像民宅，掩映在一片树林之中，三五棵大树，冠盖如云，郁郁苍苍。

某天，不经意间，看见一棵树上挂满了淡绿色的果子，不知是何物。过几天，果子落了一地，原来是我散步时见过多次而不知名的东西。球形，皱皮，凹凸不平，黄绿色，大小似柚子，沉甸甸像实心球。常见松鼠啃，咬开吃里面的种子。

再散步时，路遇行人打招呼，就冒昧问一句："这是什么东西？"鲜有人知。终于有一天，一位女士答曰：Hedge Apple（马苹果）。她说："你要小心，散步留神，它掉下来砸到头，很危险。每次我出来遛狗，走到这树下，都有点担心……"

哦，原来是"苹果"！

一个像实心球的马苹果

有人说，人类的欲望始于苹果，它诱惑了夏娃，砸醒了牛顿，成就了乔布斯，改变了全世界。这了不起的苹果！可是“马苹果”非苹果，它是野生的，有杀伤力的，长于马圈之旁，倘若果熟落地，害莫大焉。试想偌大的实心球，从十几米高的空中坠落，树下过客如果不幸中奖，真是不堪设想，非死即晕是极有可能的。我知道有人眼巴巴盼椰子落地，盼得心急，就手抱树干猛晃，椰子终于下来了，不料正中面部，砸断鼻梁，砸掉三颗门牙！“马苹果”比“椰苹果”可实在多了。

马苹果是桑橙树的果实，学名 Maclura Pomifera，英文中被称为 Hedge apple（桑橙）、Bow-wood（弓木）、Osage orange（柘橙）等，中文有许多别称：橙桑、柘橙、柘果、马苹果、弓木、奥塞奇橙。因果实外观像脑形，又俗称为猴脑果。

野生桑橙树生长在美国中部，树高常达 60 英尺（约 18 米），成材迅速，树大多果，因树身有尖刺，在铁丝网未发明之前，树常被人们种植成绿篱（Hedge Plant），用作隔离马圈牛群等牲畜的围墙。这种树在伊利诺伊州常见。

桑橙树是有用之木，木材柔软结实，曾是印第安人做弓箭的原料，故有弓木之名。据说弓木这名称是美国早期的法国移民所取，他们观察到美国的原住民奥塞奇族（Osage Nation），拿桑橙的木材来做弓，有时为了取得这种木材，不惜跋涉数百英里寻找桑橙树木。

百度说："对于桑橙树而言，它的果实是一件可悲的事情。"研究人员认为，桑橙果实仅有几种动物可以食用，但是这些动物已在数千年前灭绝消失，比如1.3万年前北美洲出现的猛犸、乳齿象等。这种果子的肉质如生马铃薯一般坚硬，对现今的哺乳动物产生轻微的毒性。

想起我见到的小松鼠在树上打嗝，不知吃了什么东西，它趴在树上："Hiccup! Hiccup!"（拟声词"嘿咔！嘿咔！"）肚子一抽一抽，也许就是吃了桑橙的种子，轻微中了毒吧，不过，毒性不大，一会儿就好了。

桑橙的果实散发一股淡淡的橙香味，可以驱虫，比如蜘蛛、蟑螂、蚂蚁、跳蚤等。万圣节的时候，小区里到处都是雕刻的南瓜灯（Jack-o-lantern，杰克灯）。我原想凑热闹，也弄个大南瓜放在门口，驱鬼。我并不信鬼，但我爱开门，开门常飞进个把苍蝇蚊子。看到这满地的大球，果香味，还可驱虫，灵机一动，捡了一堆，惠而不费，放在外窗台上，一排马苹果，鲜亮的黄绿色，顿觉蜗居生辉。

不知道驱虫效果怎样，装饰效果挺好的。

隔壁邻居盛赞："It's really a great idea! Really great!"（这真是个好主意，真好！）

他也知道这东西驱虫。

这是它的无用之用。

44. 送别黛碧

打开信箱，看到一封有趣的信：

嘘，我希望我发对了电子邮件群，这样黛碧就不包括在内了。如果你是黛碧，读到这里请退出吧。

其他人—— 我们有点事要做，为了 Deb（黛碧的英文名昵称）的告别晚会。我们有个想法：写点什么，将在学院和黛碧共处的那些很棒的、难忘的故事写出来，譬如她怎么感动你的，或者帮助你在这里的工作的，这些点滴小事非常好。只要是好的、表达感谢的故事就行，我们收集、整理了给她。

如果你有这样的故事，请给我发电子邮件，以 Word 附件形式。IDC（跨部门委员会，Inter-Departmental Committee）的人会把我们搜集到的故事等做成有纪念意义的书给黛碧。

谢谢！

贾尼斯

贾尼斯是社会学教授。想起来了，系秘书黛碧要调走了，系里准备为她送行，贾尼斯给大家发信，倡议每人写点什么，做成一本书送黛碧，表示感谢和惜别。

这是个好主意。有人情味，有意义，瞒着黛碧做的，想想黛碧拿到这样一本关于自己的书，该是多么惊喜、多么温暖啊。

这学期我的办公室搬家，正好在黛碧的对面，我们成了门对门（Gate to Gate）的邻居。她一天到晚笑眯眯，令我常常“出门见喜”。平淡乏味的早晨，看见一个灿烂的笑容，听到一声关切的问候，会一天心情愉快。这是我的感觉，也是我对她的印象。她每天来得很早，在办公室打电话，安排事情，做很多事务性工作，服务教师和学生。她说话很有特点，清楚，响亮，字正腔圆。

打开电脑，敲出几句顺口溜，聊表心意：

我认识的黛碧

（Deb whom I know）

黛碧黛碧，我的新邻。
雪肤丰腴，标准美人。
每天早来，工作认真。
相逢一笑，态度温馨。
有缘相识，祝您好运！

45. 一娃可爱

学院的新年联欢会启动了。第一次预备会，各路英豪齐聚学院行政大楼会议室，总指挥主持会议，排兵布阵，第一项议程是自报家门，互相认识。

原来都不“贱”！第一位嘉宾乃本地大企业 国营农场保险公司（State Farm）高管，此企业每年搞赞助活动，是财神爷之一。据说她手下洋兵600多，典型的广东人，随夫在美打拼，女儿刚从中国接来。她热情支持中国新年活动，英语已臻化境，粤语也标准，唯标准（普通）话不行，不会说，听不懂。如此一来，一屋子华人都要操番语聒噪了。

第二位，博士，大学雇员，外事处主管，在美有年，番语亦流利婉转，负责场地协调等等。

接着各位学生领袖一一自我介绍，三言两句，谦逊有礼。

一娃坐我旁边。这娃年纪轻轻，不知道大几了，在卫斯理大学，学生会干部。“吾伲塞四散嗨拧。”上海姑娘，长发披肩，白净细腻，娇小可人。眼睛不大不小，顾盼有神，樱桃小嘴，看着就招人喜欢。她说话有特点，嘴太小，几乎不动嘴唇，只舌头在嘴里打转，懒洋洋的，似乎她每一句话都在告诉你，我懒得跟你说！

会议开得很成功，但是两位唱重头戏的大将没来，其中一位是大学的 CSSA（中国学生学者联谊会，Chinese Students and Scholars Association）新任学生会主席，我对他略知一二，不久前我们刚认识。他三十出头，学法律，在本地一家律师楼找到工作，同时在大学学习。面团团，貌和善，不到中年，有点发福。

总结自己这一年，他说："又老了一岁，快 33 了，最令人抑郁的是时间的流逝，过去的一年只干了两件半事情：获得了 H-1B（H-1B: Specialty Occupations / Temporary Worker Visas 的简称。特殊专业人员 / 临时工作签证，发放给美国公司雇用的外籍员工）；考过了 NY Bar（美国纽约律师资格考试）；半件是恢复了 CSSA。苟利国家生死以，岂因祸福避趋之！（林则徐的《赴戍登程口占示家人》诗句）"小伙子有志向，是大律师的派头。

总指挥命令我微信联络，催促速来，回信说"在上课"！

我开会常走神，有一时间，看着满屋子的同类同胞，听着非我族类的西皮流水，心中竟起一种不知身在何处的怪异之感，华洋杂处的番邦地盘，中华儿女多处其间，说凡有井水处皆有华人，真不为过，我们的同胞遍天下了，可是入乡随俗，说的都是英语，看来普及汉语真的任重道远。不过星星之火，可以燎原，我很乐观。

总指挥抱了一个塑料收纳箱子，内装茶壶、茶杯、茶点、曲奇饼干一类，急着开会却忘了招待大家，会议开完才想起来，忙派发。已经晚上 9 点多了，客人已走，只剩几个学生，我知道他们有的还没吃饭，却都挺拘谨的，或许对饼干不感兴趣，没几个人出手。一娃粲然一笑，一把抓过饼干盒子，说："我拿回去给我们学生会同学吃。"

似有一朵乌云从我眼前一闪而过，饼干盒已经到了一娃手里，她婷婷袅袅，一晃，出门不见了。

想起杨东平的《上海人与北京人》，里面的南人北人，写得都鲜活生动。区区几块饼干，甜死人，避之不及，谁还在乎？

一娃是个很可爱的姑娘，她真诚。

46. 命运垂青的小女孩

11 岁，已经是“钢琴大师”“世界象棋冠军”，这些闪光的字眼，属于天才小女孩朱仁和（Harmony Zhu）。

她到底是谁？看看这个快乐的小女孩，有着灿烂的笑容，她是个多才多艺的孩子，在音乐和象棋方面有杰出才华。3 岁即开始学钢琴，随父母移民加拿大温哥华，6 岁搬到多伦多。

她在音乐上的成就：

从 7 岁开始，就在卡内基音乐厅首演，多次被邀请在卡内基音乐厅表演，这是莫大的荣誉。2012 年，朱仁和获得加拿大最负盛名的民族音乐比赛七年级组第一名，成为历史上最年轻的冠军。2013 年蝉联第一名。2014 年，继续蝉联第一名，成为历史上唯一连续三年赢得高年级组比赛第一名的学生。这一年，她 8 岁，被命名为“加拿大 30 岁以下古典音乐家”。

移居美国后，她在茱莉亚音乐学院预科部就读，是年龄最小的学生。第一年，她赢得茱莉亚大学协奏曲比赛冠军。最年轻的冠军。在康涅狄格州哈特福德的第六届肖邦音乐节（VI Chopin）

国际比赛中也获得了大奖，同样是历史上最年轻的冠军。她还是美国天才促进基金会 AADGT（The American Assoccation for Development of the Gifted and Talented）国际音乐比赛的金牌获得者、美国国际钢琴和弦乐比赛的一等奖获得者。她目前正在茱莉亚音乐学院学习，师从钢琴系主任。作为历史上最年轻的音乐家，她在古典音乐上表现出了惊人的才华。

至于象棋，则是名师出高徒。

7 岁时，朱仁和进入加拿大学校即开始学习下棋。为使女儿受到最好的教育，她的父亲重金延请名师。北京国际象棋俱乐部的吴少彬老师，通过网上授课，对她系统训练。2013 年，她在阿联酋获得了世界少儿象棋赛冠军，创造了加拿大在青少年世锦赛的纪录。吴老师通过网络为她精心准备每一轮棋，制定作战计划。朱仁和告诉爸爸："吴老师要是给我准备棋，我就能赢。"

作为一个全面发展的孩子，朱仁和喜欢写作、下棋、阅读、绘画、数学、历史、跳舞、唱歌、剪纸、观察大自然、打乒乓球和各种运动。用她自己的话说："你知道吗？我只是对生活中的一切有热情！"

既有天赋，又受到了最优质的教育，这是一个多么幸运的孩子。

人非生而平等的。

47. 中产之家一瞥

某天，罗杰带来雪莉手笺，要一起吃一顿饭，雪莉好久没见我了。这天下课以后，我们同去城里的饭馆吃饭。

饭馆名顿悟的农场（Epiphany Farms），是一家有机饭馆，理念是 from farm to fork（从农场到餐桌）。北京也有这样的饭馆，食品有机是世界潮流，在这方面，我们和世界已同步，有机饭馆的食材新鲜、健康、清洁，菜品精致考究，当然价格也贵。

女招待极其热情，对我说，餐馆经常有亚洲人光顾，日本人、韩国人、中国人，都喜欢这里。她拿来菜谱，巧舌如簧，不断介绍菜品。我们已经点过了，只是不作声听着，她说得极快，我听得实在费劲，还得感谢她。

菜来了，记不得菜名，不外这些东西：

牛排、土豆小丸子配紫甘蓝，一木盘，几个小面包，两片苹果，奶酪，一堆熟苹果，熟奶酪抹，一小碟甜椒酱，一小碟蘸料，一小碟蘑菇，几片粗面包，葫芦汤，这是菜馆的招牌。

上汤的方式颇特别：

先，郑重其事上汤勺，服务员拿勺的样子让你觉得那闪着银光的勺儿很金贵。

次，上汤碗，中国骨瓷，方形，碗美，内纯白，外饰淡雅图案，一片花瓣样的红心萝卜“宛在水中央”，配一小撮淡绿色酸丁。想起李白诗：金樽清酒斗十千，玉盘珍羞值万钱。

再，汤来了，服务员手持牛奶杯，把淡绿色的浓稠的葫芦汤倒在方碗里。然后随伺在侧。

为妻为母做稳了服务员的人如今被洋人伺候得如此周到，立刻觉得虚荣心膨胀。环顾左右，看见旁边桌子的洋人食客，似乎也面露骄矜，貌似傲人，“瞧，这是家上档次的饭馆，我也在这里吃饭了”。

美食当前，“对案不能食”？没有的事！赶快开动。尝一口汤，葫芦的本味，浓郁鲜香爽口。有机就是本色，本色就好。

边吃边聊，我跟雪莉说：“您觉得吗？菜好，但服务员的服务比菜更好，有点太好了，是不是？”雪莉笑眯眯直乐，她有同感。雪莉说，今天她去迪凯特看老姐姐罗丝去了。罗丝 80 多岁了，刚做了臀部手术，就像换膝盖一样，是大手术。为免麻烦，雪莉自己在家里做好了午饭——面条，用保温桶装着，去了一热，再配上罗丝的女儿金姆做的沙拉，简单和姐姐吃了午饭。她说金姆照顾妈妈极其周到。罗杰说，当然，她是护士长。

金姆自己做了一张贺卡，群发众亲友，雪莉拿出来给我看。这是一封家庭简报（Family Newsletter），有些美国人喜欢在圣诞新年辞旧迎新之际，写一篇总结，上列全家每个人一年来的变化、成就，一年今日始、回顾展望的意思。

这篇总结图文并茂，一家四口在海边，坐在一艘大帆船上，卡片上方标题即是 Sailing Into The Holidays（驶进假期）！背面是总结通告：

2016 年是搬家的一年……

佩吉（女儿）这个夏天搬进加州山景，开始在斯坦福上麻醉训练项目，她投入大量时间，也学了很多东西，空闲时间她很享受那里的好气候，并恶补睡觉。

格里格（儿子）4 月份搬进了新家，现在正做园林绿化，他一直喜欢干这个，剩余时间都用来在山地骑自行车和新的体育项目——风筝冲浪。

金姆和罗伊 7 月份卖掉了迪凯特的家，搬到了博依西，目前住在格里格的地下室里，老子和儿子的角色如今换过来了，呵呵。新家在规划中。西部为我们提供了多样的户外活动，包括山地骑车和徒步旅行。

我们经过了这么多搬迁，正期盼着顺利驶进未来。

请来看望我们吧，地址……

祝福圣诞，新年快乐！！

金姆的丈夫罗伊是日裔二代美国人，妇产科大夫。罗杰说他会玩、会生活。住迪凯特时，我曾去过那个临湖大房子，功能性很强，是罗伊自己设计的。他爱钓鱼，自己在农场养蜜蜂。可是天有不测风云，现在他得了一种脑病，未来十年会不断恶化，退行性病变，无药可治……

然而，在金姆的家庭总结里，带给家人朋友的只是开心快乐、安详淡定，看不到即将面临的不幸和焦虑。这是素养。

家家有本难念的经，不会说给外人听。

48. 与有荣焉

托出国公派的福，在国外，被所有人抬举到“教授”宝座。我教书多年，滥竽充数，尸位素餐，按规定绝不配做教授。但是，自欺欺人，偶一为之，无伤大雅的，我就顺杆儿爬，反正此地人生地不熟，没人知道我的底细，何妨冒名做一回“贾教授”，过把瘾吧。

顾百里，世界知名汉学家，我尊敬的真教授。突然有一天，我收到了先生的信，先生呼我为“教授”：

Dear Professor Xu,（亲爱的徐教授）

您好！

我叫顾百里，在美国威廉大学亚洲研究系工作。和您一样，我也是一位中文教员，在威廉大学、南京大学的霍普金斯中美文化研究中心，还有美国国务院的外交学院从事中文教学工作已有35个年头了，之所以冒昧给您写信，是因为我想把我们最近编写的《基础中文》系列教材送给您参考评阅。

《基础中文》这套教材由 Tuttle Publishing（塔托出版社）出版，旨在帮助初级学习者快速有效地掌握中文听说读写四项基本技能，并打下坚实的语音语法基础。……

尽管这套教材去年才完成全部编写工作，但现已被 30 多所大学选用，其中包括 ALLEX 中文教师培训学院、杨百翰大学、旧金山城市大学、麻省理工学院和蒙特瑞国际研究学院。本书德文翻译版 *BASIS CHINESISCH*（《基础中文》）已由瑞士 CHINABOOKS（中国书）出版社在苏黎世出版，在欧洲市场出版发行。

如果您希望领取《基础中文：听与说》和《基础中文：读与写》的免费样书，请将您的姓名、学校和邮寄地址发到我的电子邮箱（ckubler@williams.edu）。如果您想进一步了解《基础中文》系列教材，衷心欢迎您随时垂询。

恭祝

教安！

顾百里敬上

2016 年 5 月 23 日

顾百里教授不知从哪里得知了我，他并不知晓我的底细，屈尊下顾，虚怀若谷，引我为同行，我真是受宠若惊，战战兢兢，不惯抬举，仿佛做梦。赶快修书一封：

尊敬的顾百里教授：

您好！

十分荣幸，今天收到了您的来信。

我教汉语至今20多年了，久闻您的大名。在世界汉语教学领域，您是知己知彼的专家。

去年，我使用的教材是学校指定的《中文听说读写》。这套教材和中国对外汉语教材很不同。

我自己曾编写过对外汉语教材，知道好的教材对学生的学习有至关重要的作用。从您的介绍来看，您主编的这套《基础中文》已用多年，效果一定很好。

我很愿意领取《基础中文：听与说》和《基础中文：读与写》免费样书，这是我向您学习请教的好机会，深感荣幸。

多谢您！

恭祝

夏安！

2016年8月4日

过几天，我收到了三大本新出版的教材，沉甸甸如礼品！物美价昂。因上课忙未及时回信，过些日子，顾教授来信追问下落，我真是无礼失敬！赶紧回信致谢：

尊敬的顾百里教授：

您好！

我收到了Tuttle出版社根据您的指示寄给我的免费样书。十分感谢您！

这学期学校仍然沿用《中文听说读写》，因我课时甚多，还未曾认真拜读学习您的教材，真是不好意思。

您的教材装帧精美，排版明晰，方便学习。沉甸甸三大本，令人敬畏。我知道它凝聚了您多年的心血，这是您在推介汉语和中国文化方面的卓越贡献，值得我好好学习。

相比之下，国内教材（主要是指本人编的）薄小局促，编写粗放，只是上课讲义，距离产品—商品—精品，差距甚远。

才疏学浅，提不出有价值的意见，请您谅解。

再次感谢您！

恭祝

教安！

2016年11月13日

信发出去，心安神定。

是夜，做了一个美国梦，梦见我成了“甄教授”。

49. 壁画之城

从公寓开车往东北方向，大约 35 分钟，是庞蒂亚克（Pontiac）小城。学院在这里有个分校。

这是一个非常有趣的小城。有四个著名的博物馆，都免费开放：

66 号公路协会名人堂博物馆

国际广告壁画艺术博物馆

庞蒂亚克—奥克兰汽车博物馆

利文斯顿县战争博物馆

关于这些，网上有很多介绍，图片精美，所言不虚。

美国人爱自己的家乡，处处用心。你看这地上的脚印，它是无处不在的导游，沿着红色的脚印，你可以参观博物馆，沿着蓝色脚印，可以欣赏壁画。简单的设计，独特的创意，保证你不会错过当地人骄傲的看点，真是体贴入微。

汽车博物馆展出的老爷车

最可喜的，它是一座壁画之城。在市中心的大街墙壁上，共有 24 幅大小不一的室外壁画，开车浏览只能走马观花，步行慢慢看，才可以近距离观赏。这些丰富多彩的户外壁画，描绘了庞蒂亚克的社会、经济和文化历史。

24 幅壁画中最老的一个，也是世界上最大的 66 号公路盾标，盾标前铺设的一段路是老 66 号公路上的砖。

3D 壁画——人行道上的鲨鱼。华人画家汤东柏创作于 2012 年。

壁画之外，达尔甘（Dargan）公园里的金属人物塑像令人印象深刻。一套三个，由钢板制成，代表着“生命的四季”。塑像锈迹斑斑，高 25 英尺。

这一组塑像，分别象征人类的青少年、中年、老年，完整的一生。艺术家用不同的结构造型表达了对人生的认识，雕像附近的大石头上，刻有与此相关的希腊语格言。

青少年塑像，有很多抽象元素，雕塑展示了人的运动和能量。

中年塑像，展示的是对生活的激情、热情和渴望。这是成名成家的时刻，是养家糊口、规划未来的时刻，或者生活的“十字路口”。中年，我们“找到”自己，发现自己，我是谁，我为什么活着，我想要干什么。中年雕塑包含了这些模糊意向，生活已经开始有意义，我们做出选择，并伸出手来抓住它。

老年雕像，展示了人的身体外观的变化，随着岁月流逝，人变得成熟和智慧，可以指导他人，提供良好的建议。但无论我们沿着“生命季节”之路走到哪里，我们都知道，世间万物在变，我们也变了。

所有的艺术都是人为的，非自然的，这一组塑像给人沧桑之感，启迪人们要顺其自然。

老房子，琼斯之家。

这是城里最古老的砖房。一座独特的南北战争之前的老房子，陡峭的屋顶与山墙和尖尖的二层窗口，显现出哥特式的建筑风格。

房子背后的故事：

几经转手，命运多舛。始建于 1857 年，由庞蒂亚克的早期商人约翰·德纳建造。1879年，德纳（Dehner）家族将房子卖掉。1883年，房主是菲利普·阿尔曼。亨利·琼斯在1899年购买了这所房子，与他的家人住在这里50多年，因此房子以他命名。

1957年，房子由科勒（Koehler）家族购买，并改建为公寓。1975年，发生火灾，灾后房子预备拆除，雷德·汤姆鲍和弗朗西斯·雷曼出面阻止，并由利文斯顿县历史学会用信托基金帮助复原了该房。1978年，房子成为登记在册的国家历史名胜。

美国中部各地多与林肯有渊源，庞蒂亚克小城有一个林肯的好朋友：律师杰森·W．斯托韦尔（Jason W. Strevell）。斯托韦尔出生在纽约，1855年移居伊利诺伊州。从酒保干起，后来成了律师、参议员，积极参与总统选举，和林肯成为亲密朋友，曾被林肯认为是副总统候选人。在这所房子里，两个好朋友比身高，斯托韦尔把林肯的身高6英尺4英寸（约1.93米）刻在了门框上。

尤斯特大厦（Yost House）是一栋安妮女王风格的建筑，3层，5间卧室，木结构，建于1898年，为小城律师尤斯特（Z. F. Yost）的家。

所谓安妮女王风格建筑，混合了乡间别墅和伊丽莎白女王的平房建筑风格，兼有都铎王朝、哥特式、英国文艺复兴和美国殖民地风格。通常是两层，可大可小，屋顶高低错落，舒适有趣，有塔，有屋顶窗。

这座老房子位于朱砂河的北岸，坐北朝南，风水绝佳，可以清晰地纵览下方的河流景色，如今它被灌木树林环抱，环境幽静典雅，屋内大部分家具保留至今，游客可以看到19世纪年代美国社会的古雅生活。

漫步庞蒂亚克小城，在阳光灿烂的午后，跨越摇摇摆摆的步行桥，心神陶醉。恬静安然的街道，不时会眼前一亮，那是本地艺术家创作的具体而微的小汽车，放在街角，色彩艳丽，可爱逼真，数一数，共15辆，10辆1957年的雪佛兰，5辆小卡车。

小城的市长先生年近七旬，市长的月工资1000美元，衣着朴素如大学教授，每有参观团体到来，他都亲自迎接，俨然是导游接待员。他真没把自己当回事，我却觉得他派头十足，这是他的自然流露。

50. 洋上司的年终训话

快放假了，最后一周，考试，提交计划、大纲……有人很忙，有人很闲。上司有话要说，有令要行，可是他并不召集大家开会，而是群发一信：

所有人：

感谢这个精彩的学期！

语言学的同事们教会了我许多许多在当今时代做一个现代语言教师的意义。在接下来的这一年，我将继续做你最好的学生，或者至少是你最好的平庸学生。

丽萨做了很多杰出的工作……

贝卡继续在阅读领域帮助我们一些最具挑战性的学生……

…………

总体来说，我对各项工作的进展非常满意。

抱歉，都是老生常谈，让我们继续干吧。

说真的，我说得很不够，但这是真的，我们系在大学中是最受尊敬的，主要是因为我们系教师的质量！每当我在学校大会上报告时，大多数其他系的人都对我们完成的工作感到惊讶。

我会继续做你的领导。

好啦，学期结束的几个提醒：

1．成绩提交——在保存你的成绩之前，不要忘记打最后的“审查”按钮。这是最常见的错误。

2．期末坚守岗位——白瑟尼院长希望大家在期末做该做的事情。我不会像警察一样来巡查你——我相信你知道该做什么！但是，如果你要在期末最后一周离岗而去，而不是坚守在这里做期末总结，做一个展示或与学生一对一谈话……请礼貌地让我提前知道，这样我就不会抓住你说你不在学校了。好了，说得够多了。谢谢。

3．学生成绩争议——如果你预期有学生会对成绩不满而提出异议，请行个方便，在你休假之前让我知道。只要给我发一封带有学生姓名的电子邮件，你认为我可能会看到的上诉的原因以及一个非常简短的回复。这类事情在过去几个学期已经减少了。我认为越来越多的学生在学期结束之前就知道他们的成绩等级了，他们是明智的，但你知道，通常会有个把人也许会不满，期待上诉改成绩。如果我能提前知道，我就不会感到棘手。当然，这是料不准的事，谁也没把握。

万一是这样，我也只能处理意想不到的上诉争议，我总是这样做的。——但当有可能的事情发生，未雨绸缪是非常有用的。为此我特别感谢你！

4. 走出去——当你离开时，我尽量避免和你联系，但是如果你真的要出去一段时间，请让我知道，这样我就不会尝试打搅你。不需要细节，只要告诉我你真的在哪里，可能一时找不到你……如果有这种可能的情况，如果你愿意，请告诉我。

5. 汤姆要出门—— 12月的最后几天和1月份第一个星期，我和孩子们及孙子们要去墨西哥，我会在月底之前再次提醒你。在此期间，有紧急的事应该联系院长。

我怕我忘记了，我的记性越来越不好了！希望你过一个最好的期末一周和假期。

别忘了想想在1月份开学时，你带给系里聚餐会的东西。

做一两个雪人，喝一些下了迷魂药的蛋奶，享受你的假期吧。

汤姆

你瞧，不必聚众，该说的都说了，还不忘幽大家一默。

这就是我的洋上司。

51. 水烟 Hookah

在迈阿密林肯大道，有一家土耳其人开的店，卖土耳其的特产：丝巾、披肩、瓷器等等。店外边是大排档，每张桌上都摆着一个煤气灯似的东西，不是涮羊肉锅具，是吸烟管。一些年轻人双双对对，围桌而坐，你一口，我一口，吞云吐雾，白色的烟雾弥漫四周，这就是胡卡（Hookah）——传说中的水烟。

水烟也叫泡泡、戈扎。烟具放在桌子上，由烟雾室、碗、烟管和软管的水管组成，特制烟草经过调味和脱香被加热，产生的烟雾通过水管，经橡胶软管吸入烟嘴。

水烟大约有400年历史了，源自印度。16世纪初，印度一个聪明的医生发明了这种东西，聪明的人总是能使别人相信自己的那一套！据说用这套水烟工具吸烟，烟雾的有害成分可以经过水而达到最小化。

这句话很管用。20世纪90年代，风味烟草在东地中海国家开始流行，吸水烟开始加入各种水果调味，草莓、橘子、苹果、薄荷，甚至巧克力，这些都可以燃烧了和烟一起吸进去，俨然是另一种营养吸收渠道！它迎合了年轻一代“新人类”的需要，迅速传播到世界各地。今天，水烟成为一些美国年轻人喜欢的消遣，在大城市和大学校园里时有所见。

事实上，水烟危害很大。据研究，一碗水烟烟草含有与70支香烟一样多的尼古丁毒素；一小时的水烟吸入量是普通卷烟的100至200倍。在短期内，吸水烟会使血压升高，心率加快，并可能增加心脏病发作和中风的风险；从长远来看，吸水烟可能导致各种癌症、心脏病和肺部疾病。

美国高中生吸烟的不少，我曾亲见一些妙龄少男少女在街头十分老练地抽烟。随着水烟在世界各地流行，一些高中生开始用水烟管吸大麻，这些孩子们相信，吸大麻比吸烟要健康少毒。根据全国青年烟草调查报告，美国高中十二年级中，有23%的学生曾吸过水烟。

有人说普通美国人天真，你说什么他信什么，不知道这与发达程度是否成正比。这个世界，有卖的，就有买的，营销学越发达，消费者越盲从，电子产品使人变得越来越蠢，也许不是武断，是普遍现象。曾参杀人，三人成虎，一切胡说八道，多说几遍就有人相信，深信。我的美国学生曾告诉我，几十年前在美国，有人说“烟草有益健康”，很多民众竟然相信！

52. “非常维兹卡亚”

——维兹卡亚花园博物馆

维兹卡亚（Vizcaya）是詹姆斯·戴丁自造的词语，它是一座著名的博物馆，迈阿密的骄傲。馆长霍夫曼博士说，他们还造了一个词儿：“非常维兹卡亚”（Very Vizcaya），来形容这个美丽、宁静的地方。这里曾是“美国历史上最好的私人住宅”“镶嵌在

维兹卡亚

迈阿密摩天大楼之间的宝石”“有着如诺亚方舟一般的装饰艺术”。

詹姆斯·戴丁何许人也?

詹姆斯（1859—1925）是美国镀金时代（Gilded Age）后期工业巨头，国际收割机公司的副总裁。维兹卡亚是他在迈阿密的冬季度假庄园。

詹姆斯·戴丁退休了，他有病，医生告诉他需要在温暖的地方静养，他选择了迈阿密海湾。在第一次世界大战前后，迈阿密的布里凯尔大道（Brickell Avenu）是百万富翁的聚集地，那时迈阿密刚建市不久，人口仅 2 万。作为美国当时最富有的大亨之一，詹姆斯花 2800 万美金买下 130 英亩地块，找来 3 个年轻人，分管艺术设计、建筑、园林，雇用 2000 人，这是当地 1/10 的人口，从 1914 年到 1922 年，2 年建成房子，7 年建成花园，成为迈阿密最美的豪宅。

詹姆斯希望自己的房子能体现南佛罗里达的历史、传说。他从 16 世纪初北美探险家、西班牙商人维兹卡伊诺（Vizcaino）的名字中找到灵感，并咬文嚼字，修改这个名字为“维兹卡亚”。他觉得维兹卡亚的名字漂亮，容易发音，令人想起西班牙和比斯坎湾他的冬天的家。他得意地认为没有比维兹卡亚更好的名称了。事实上，维兹卡亚的确是个好名字，此后迈阿密许多房地产开发、餐馆和地名都步其后尘，用与此相关的比斯卡亚（Biskaya）字串，但是都没有 维兹卡亚这么顺口，这么独特，这么“维兹卡亚”。

房子外观十分古雅，意大利式别墅，巴洛克风格，采用创新技术和设计，将古色古香的意大利大理石与当地的珊瑚岩相结合，园林景观融合了意大利和法国花园设计元素，并适应亚热带环境，庄园完全被亚热带森林包围，有着梦幻般的视野。

维兹卡亚处处是精心设计的喷泉、古董和雕塑，丰富的建筑结构和细节无处不在，风化的外观，使房子显示出厚重的底蕴和美学意义，它既古老又现代，既时尚又舒适。

花园占地 10 英亩，欧洲风格。詹姆斯对环境美化和植物保护非常感兴趣，他是个偏爱兰花的人，整个庄园有成千上万的兰花。花园被 25 英亩的原生森林包围，有几棵名列全美冠军的大树，这里是美国最精致的花园之一。

花园占地 10 英亩，欧洲风格

房子内部极其现代，拥有当时最先进的技术和功能，主楼采用当时最新的建筑形式现浇混凝土，配有两部电梯和中央吸尘系统、电话交换系统。34间装饰房间，展示超过2500件的艺术品和家具，从欧洲搜罗而来，包括古代罗马雕塑，文艺复兴挂毯，17、18世纪的雕像，洛可可和新古典主义家具，雕塑和绘画；还有一间中国房间，内有中国古陶瓷，精美的中式家具桌椅床……

1916年12月25日圣诞节，房子主屋建成时，詹姆斯举办庆祝聚会，准备了意大利的贡多拉独木舟，客人们身穿意大利农民的服装，盛况可想。

从那时起，直到1925年去世，詹姆斯每年11月底到次年4月中旬，居住在维兹卡亚。他经常带来公司客户、家人和亲密的朋友，在这里，他接待过电影明星、总统。他雇用了一大群工人园丁来照顾庄园。为了享受，他还建立了一个俯瞰比斯坎湾的私人海滩和舞台。

遗憾的是，美屋享受没几年，1925年，詹姆斯在从巴黎返回美国的游船上病故，房子传给了他的同父异母兄弟，然后侄女、侄子，此后遭遇两次毁灭性飓风破坏，许多雕像和家具被严重损坏。后来，他的侄子苦于维护，以140万美元贱卖给政府。今天，这里成为世界著名博物馆和美国国家历史地标建筑。

从庄园出来，遇一保安，我问他如何招这里的出租车，他说："你拨305——"我怕记不住，赶紧打断说"等一下"，拿出手机拨号，岂料他晃着脑袋笑嘻嘻：“4，4，4，4，4，4 and 4!”哈哈，“都是4”！我们不禁大笑。

和保安聊天。他是个20多岁的小伙子，他说，过去这里接待过世界多国政要，英国女王，西班牙国王，教皇，里根总统，克林顿……举行多次盛大国际活动，他如数家珍，“当初投入建设资金2800万美元，如果现在的话，应该是几十亿美金”。但是，他说：“如果我有这么多钱，我就揣兜里，随便花（说着做了个手势），我才不操心受累盖房子呢！”

小伙子似乎是个明白人，他知道，要想一年累人（其实不止一年），劝他盖房！然而，对詹姆斯先生而言，建造维兹卡亚应该是他退休之后做的最有意义和活力的事业吧，虽然他才住了不到三年。

PS：

宾夕法尼亚州东南著名的长木花园，是美国最美的私人园林，1954年开放。主人杜邦住了40多年。他活得长。

53. 保罗·盖蒂博物馆

洛杉矶给我的印象是灰色的：密集，嘈杂，拥挤，阴沉沉，雾蒙蒙，记忆中的亮点是保罗·盖蒂博物馆（J. Paul Getty Museum）。

盖蒂何人？

保罗·盖蒂（1892—1976），20 世纪 60 年代世界首富。靠石油发家，并保持 20 年首富地位。有人说他：生逢冒险家盛行的时代，生于冒险家的家族与地域，有倾家荡产买下中东不毛之地的

保罗·盖蒂生平

气魄及眼光，敢于向世人宣告自己是拥有 100 位情人的花花太岁。

用流行语就是：有钱任性。他是个吝啬的父亲，儿子有病不治，孙子被绑不理，人称“世界上最富有的吝啬鬼”。可是人往往从一个“鸡蛋”（极端）走向另一个“鸡蛋”，这是大自然的平衡，他对艺术极度慷慨。在盖蒂看来：“一个不爱好艺术的人是一个没有完全开化的人。”一个人只有真正热爱艺术才能称得上是有教养的文明人。

他攫取了巨大财富，在经济萧条年代，收购了大量名画、家具、艺术品。盖蒂博物馆藏有 20 世纪前的欧洲绘画、素描、手稿、雕塑和装饰艺术品以及 19、20 世纪美洲、欧洲和亚洲的摄影作品，梵高的《鸢尾花》即收藏于此。1976 年临终前，盖蒂把全部财产 33 亿美元中的 22 亿捐助给保罗·盖蒂博物馆，为后人留下一段传奇故事，也保存了不朽的文化遗产。

盖蒂是个矛盾的人，集吝啬慷慨于一身，他的堪称“伟大”

保罗·盖蒂博物馆

的决定是：博物馆免费对外开放，任何人只要脚上穿鞋，都可以进去观赏。

盖蒂博物馆分两部分，盖蒂中心和盖蒂别墅。

盖蒂中心的建筑师是理查德·迈耶。这里的建筑全部使用从意大利运来的石灰华石，这些石头从水里取出，用特殊工艺切割，形成独特的粗糙表面，叶子、贝壳、珊瑚散见其上，墙壁、窗户、地面与外部路面形成一个个由76厘米的正方形组成的网格，据说这是人与人之间谈话交流的最舒适距离，一个亲密有间的距离。叔本华说人是属豪猪的，离得太近互相扎，离得远又嫌冷。这样看来，不远不近的话，76厘米最合适了。

76厘米的正方形组成的网格

博物馆户外的中心花园，雕塑随处可见，由美国装饰艺术家罗伯特·埃文设计。罗伯特的设计理念是："志在成为艺术品，以花园为表现形式的雕塑。"也就是说，花园也是雕塑。

来看看这座巨大的园林雕塑：

自下而上，在中央花园的底部，瀑布顺着阶梯石墙倾泻而下，流入清澈如镜的水池和迷宫中。迷宫用400株杜鹃花围成。环绕水池的是一系列特色花园，巧妙运用光、色和日影，深具趣味。

盖蒂讨厌一切现代艺术，喜欢古代的、经典的艺术品，院子里的树，是从加拿大引进的树种，种得颇有逻辑性，从各个角度看都笔直成线。

为了达到以疏为美的光影效果，园丁每年将新生的树枝斫去，

笔直成线

以疏为美

树枝的底部长成一个个小疙瘩，与日光配合，在 76 厘米方块的石头上投下稀疏斑驳的树影，有欹、疏、曲的韵致，真是煞费苦心。从墨西哥进口的树，又是另一种形态，如馒头柳的树头，修剪得整整齐齐，这些树都种在盒子里，根部受到限制，不得恣意生长，只能按照盖蒂的逻辑生长。

顺着中央花园蜿蜒曲折的小径，缓步而行，洗耳恭听，溪流声恰如大珠小珠落玉盘，这就是艺术家匠心独运的声音的雕塑。沿着河床摆放了许多巨石，各具姿态，石周围青树翠蔓，蒙络参差，令人想起苏州园林。

南角再现了沙漠景观，北侧主要是蓝色紫色和灰色植物，南北相映成趣。这里俯瞰洛杉矶，风景绝佳。

据说每年有超过130万游客光临此地，是美国访客最多的博物馆之一，免费的缆索车从山脚的停车场到达山顶，源源不断运送着游客。

盖蒂别墅展出古希腊、罗马以来的艺术品。

是的，保罗·盖蒂讨厌一切现代艺术，可是，博物馆入口处的接待大厅，建筑外形圆滑流畅，非常现代，似乎是个玩笑；户外的现代艺术雕塑，也仿佛揶揄着爱好古典的盖蒂先生，这是他逝后现代艺术家们的捐赠。

倘若盖蒂先生有知，估计会说："Sh*t!"（狗屎！）

54. 一年今日始

下午 5 点出门，彤云密布，看样子要下雪。

去伊利诺伊卫斯理大学参加新年联欢活动。谷歌地图搜了开车路线，约八九分钟就到了，不知道在哪里停车，转了好几圈，“绕树三匝，无枝可依”，给诗微打电话，告诉我停在路边就行。

随着人流进入会场，门口接待员笑容可掬，看见了星辰、可人，招呼我坐在前排靠近舞台的座位。很多人在吃饭，一大队人在排队领餐，可人叫我也去。不太想吃，坐了一会儿，不知道诗微何时来，觉得无聊，就去排队领吃的。

看见了子言，大学物理系二年级的小伙子，和几个洋人同学边排队边热聊，我们站着说了几句话。

正吃着，诗微一家到了。认识了诗微的爸爸妈妈。诗微爸爸是青岛人，和我算老乡，身怀绝技，国内太极拳高手，多年前因特殊人才计划移民美国。诗微妈妈看着很年轻，毛衣牛仔，俭朴干练。妈妈工作，工余帮诗微带孩子。诗微的爸妈都比我年长。诗微是国内名牌大学毕业，学国际贸易的，目前在美读硕士学位。

趁诗微和妈妈、孩子去领餐，和诗微爸爸说了一会儿话，讲我此地的工作生活、诗微的照顾、感谢的话。异国他乡，每遇同胞老乡都觉得亲切。

演出开始了，主持人上台，星辰和一个小伙子搭档主持节目，她也是山东老乡，泰山脚下的姑娘，身材极好，旗袍漂亮，英语也棒，落落大方。

第一个节目，韩国和马来西亚俩小伙儿，白衬衫，米色裤子，清爽干净，讲本国如何过农历新年，风趣幽默。

可人的古筝独奏:《春到湘江》。可人是上海姑娘，娇小玲珑，仪态端庄，灵巧的指法奏出美妙音符，乐曲悠然超绝，令人陶醉，好久没有这感觉了。

舞蹈，四个女孩子，三个亚洲人，一个金发碧眼，在腿长这一点上，人种的优势一望即知。

诗微爸爸的中场大戏: 太极拳表演。一招一式，专业正宗，棒极了。诗微妈妈全程录像，我录了一段，跟着照了很多相。一个小插曲: 诗微爸爸上台站好，欲表演，诗微的小儿子，三岁多，也站到了爷爷身边，猴子学样，闹场了。大家善意哄笑，诗微叫他下来，不理，诗微上台，孩子跑，妈妈追，大家直乐。

歌曲串烧，三男三女唱歌，年轻人，很投入，小伙子黑裤子、白衬衫或者黑衬衫，姑娘黑裙子，素净，整齐，年轻，放得开。

琵琶独奏，是一位长者，60 多岁，他用英语自我介绍，原来是芝加哥大学的教授。他说琵琶这种乐器，非中国土产，是胡乐，与二胡、唢呐等一样，通过丝绸之路传入中土的……常与外国人聊天，别人问他，你演奏什么乐器？他说：琵琶。通常人家的反应是：两眼一翻，仰面朝天，沉吟片刻，说，OK……哈哈，不知何物也！

他演奏的曲子是：《春江花月夜》。水平高，古意盎然，教授表情沉醉，观众亦被感染。

节目进行中，诗微的小儿子又闹腾，全家要撤，我亦随之出来。在大厅，和诗微爸爸妈妈又聊一会儿，把准备好的礼物送给他们。

下雪了，地上已是一片白。

一年今日始。

新年快乐！

55. 洋醋

酒醋同源，汉字“醋”本义为变质的酒。醋的英文 Vinegar，源于法文 Vinaigre，意思是酒（vin）发酸（aigre），醋来源于酒的酸败，这是中西共识。

我要买醋。小镇地方小，没有唐人街，只有一个上海超市，卖一些中国货，但是东西不太全。这里的华人要购国货，大都去芝加哥。我常去上海超市买醋，可是这一阵子山西老陈醋断货，只好去买陌生的洋醋。

据说美国人爱吃醋，人均食醋年消费量为 2.4 升，位居世界第一，但是本土的好醋似乎不多，好的醋都是产自他国的。

意大利巴萨米克醋（Balsamic Vinegar）

最好的洋醋，又名古典芳香醋。是意大利北部摩德纳地区的特产，享有盛誉，被赞为“高贵醋”“万能调味料”“侯爵醋”。

据说，11 世纪，摩德纳领主埃斯坦家族自制食醋，将秋天收获的新鲜葡萄榨汁，过滤，加热，浓缩，发酵，要经历至少12年，达到成熟期（12年、18年或25年），其间更换数个尺寸由大到小的木桶，木桶的材料各个不同，有栗木、金合欢木、樱花木、橡木、桑木、梣木和杜松木等等，真是费时费事。

古典香醋积蓄了复杂的香气，平衡了葡萄汁中天然的甜度和酸度，它含有十多种有机酸，呈黏稠状，深褐色，芳香浓郁，酸中带甜，是上好的调味品，数滴香满屋！

好物难得，这种古典芳香醋是家族私产，只供贵族专享，世代相传，绝不外卖，偶尔作为礼品赠送别国或招待贵客。第二次世界大战后，贵族没落，该醋制法流向民间，有人依样画葫芦，仿制出类似的醋，但发酵周期短，没有充分成熟，和意大利古典芳香醋不可同日而语了。

英国麦芽醋（Malt Vinegar）

谷物醋、啤酒醋。历史悠久，公元前3000年，人们用酸败的啤酒烹调菜肴，发现风味较佳，得到启发，将大麦、小麦、裸麦、玉米等谷物糖化，再添加酵母、酒精发酵，在醋酸菌的作用下，酿成麦芽醋。

麦芽醋是西人常用之醋，有啤酒的麦香，兼柠檬的果香，多用于腌制蔬菜、拌沙拉、蘸鱼和薯条等。

货架上麦芽醋分好几等：

金麦芽醋（Golden Malt Vinegar）——口味浓郁、适合烘烤和吃“国菜”。

轻麦芽醋（Light Malt Vinegar）——古法酿造，口味清淡，适合拌蔬菜沙拉和做蘸料。

蒸馏麦芽醋（Distilled Malt Vinegar）——和白醋很像，可以用来消毒。

西班牙雪利醋（Sherry Vinegar）

葡萄酒醋。西班牙南部盛产雪利酒，雪利醋应运而生。此醋是将雪利酒按上下顺序排放，最下层的木桶发酵液充分成熟后便生成了醋，上层的木桶液体会自动利用落差流入下层的发酵木桶中，如此反复，最上层的发酵木桶至少发酵 5 年，以保证雪利醋的风味和品质。

奥地利苹果醋（Apple Vinegar）

苹果酒醋。先将苹果汁发酵成苹果酒，再从苹果酒二次发酵成苹果醋，在橡木桶中发酵 5 年的苹果醋，再添加苹果汁和蜂蜜配制而成。

苹果醋加蜂蜜后可直接饮用，甜中带酸，既消解了原醋的生醋味，还带有果汁的甜香，非常爽口。苹果醋富含果胶、维生素和有机酸，因此它能够帮助消化、消除疲劳、软化血管、美容护肤和抗衰老，是一种非常健康的调味品和饮料。

其他还有米酒醋、蜂蜜醋、番茄醋、奇异果醋、甘蔗醋、椰子醋……不一而足。

在我看来，货架上的洋醋，虽然琳琅满目，但大多是工业化速产的、廉价的、酸度较高的酒精醋。即使是传统酿造醋，也是仿制品，如意大利巴萨米克古典芳香醋，品牌好几个，都是摩德纳香醋（Balsamic Vinegar of Modena），真假优劣，令人莫辨。巴萨米克离我甚远，那古典，那芳香，真是遥遥不可及也。

想念山西老陈醋。

56. 小学校的大会议

我参加了一次麻雀虽小、五脏俱全的国际学术会。

我很少有机会参加学术会议，因为不学无术。科研不搞，搞不好，论文不交，写不了，书读得少，到了学术会议上，除了尴尬，还能做什么呢？多年以前去新加坡开过一次国际学术会，累死人！真不明白，只是坐着，听讲、学习而已，何以那么累呢！发誓以后绝不参加学术会。但是这一次，系主任软中带硬，必须参加。在人屋檐下，不得不低头也。

不过，我真的喜欢这个会。

首先，不必出差奔波劳顿，会场就在校园里，咫尺之遥，在办公室泡杯茶，看看到点，散着步就去了。

报告人来头不小，一群博士、教授、研究员，俄罗斯圣彼得堡普希金屋的，文学研究会的，图书馆的，美国耶鲁大学的，加州大学的……都是“学术带头人”！自己忝列其间，与有荣焉。

将“学术著作”说成“瞎说猪杂”，是余光中先生的神来一语，开学术会议难道真是大家聚拢听“瞎说猪杂”而已吗？所谓

presentation（发表演讲），就是发言的各位在台上一阵子口部运动吗？果真如此吗？难得的机会，让我开开眼吧。

门口报到领胸牌，系秘书安娜接待，发一张空白胸卡，自己写上名字，装进封套，挂颈上以示名正言顺。参会写名自助式，这真好，既减轻劳动量，又不会写错阁下尊姓大名。

系主任笑容可掬："我真高兴你能来！你会发现今天的会议有趣极了！"

上司汤姆嘘寒问暖："身体怎样？谢谢你能来。"好像大家都是屈尊赴会，是赏光来了。良言送暖，春风扑面，两位上司的话，听起来怎么那么舒服呢！

系主任简短开场，汤姆站台，扎克主持，会议开始了。

第一位，耶鲁大学的女教授，利落的一束发髻盘在头顶，一身黑裙，脖子围一条淡粉色羊绒围巾，腰间缠一条皮带，神态自然，语速舒缓，手捧讲稿，侃侃而谈，时常竖起食指，强调重点。她在做开场综述。简明扼要，时间掌握恰如其分，在你疲劳之前，结束了发言。

接着切入正题，来自俄罗斯的戈洛温（Golovin）博士，虎背熊腰，身材魁梧，令人想起北极的憨猛动物。他操着俄语，不对，仔细听，是英语，很明显，俄罗斯红菜汤、鱼子酱的味道。

接着是另一位女学者，更是"吐佳言如锯木屑，霏霏不绝"。她说话语调轻柔多了，像蚕吐丝，像唱歌，一段吐出，又一段落地，云烟缭绕如坠五里雾中……我瞥见系主任嘴角越来越翘，越来越明显，似乎肩膀在抖，在笑吗？

我憬然有悟系主任刚才的那句话了——“你会发现今天的会议有趣极了！”母语味的外语听起来让人起反感，因为知己知彼，没有隔；外来的和尚好念经，外国味的母语听起来别有风味，因为离得远。异国情调的东西总是令人心生怜爱，异国情调的英语，美国人觉得好玩，Funny! Great!（有趣！棒！）如今我隔了两层，听着浓郁的红菜汤味英语，真是“静听天籁兴自浓”了。

小插曲：

台上发言者讲着讲着，话筒慢慢滑落下来，好像低头思过，发言听不清了。汤姆猫着腰走到台前，调整话筒，弄好，冲大家一鞠躬说：“I am sorry!”郑重其事，绅士风度十足，他总是这样。汤姆多大岁数？我说不好，格物察理不容易，天下最难是识人，尤其是人的年龄，非我族类，就更难了。汤姆听力似乎有点不灵，开会常手捂耳朵做聚音状，他个头不高，和普通美国人比他算比较秀气的，衣着简朴随意，但是举手投足，气宇轩昂。

你瞧，不学无术之人，即使参加了学术会议，也是只见热闹不见学术，有什么办法呢？还是学洋人，两手一摊，双肩一耸，闭嘴吧。

57. 一瓶的学问

散步时，我通常爱往上看，天上这幅画，时时变化着，画中还有诗，有时天蓝如海，白云似涛，大雁高飞……既旷远，又深邃，使我觉得灵魂出窍，上了碧霄。某一日，我陶醉着天上美景，偶尔瞥一眼脚下的路，忽觉晃眼，有片光亮从草地里发出，趋前定睛看，是一只瓶子。

不禁想起那古老的漂流瓶了。

1492 年，哥伦布在美洲小岛考察，思乡心切，遂给西班牙女王写了一封信，连同美洲地图一起，装进瓶子，投入大西洋，期望它漂到欧洲。300 多年后，19 世纪 50 年代的某一天，这瓶子被人发现了……从此有了后来的漂流瓶。

漂流瓶是航海时代人类跨文化交流的工具，面前的这只瓶，空空如也，并没有神秘的字条，它显然是从对面公寓扔出来的酒瓶子。这一带草地连绵成片，厚如地毯，瓶子落地，完好无损。它不是一般的酒瓶，玻璃澄净，似水晶，造型别致，有设计，镶嵌着铜剑，铜 LOGO，不是英语，我不认识，很考究的样子。我对葡萄酒一知半解，却对这瓶子发生了兴趣，管它是什么，处处皆学问，携回去查字典，学习学习。

Cognac，法国制造的干邑白兰地。法文发音为“高尼亚克”或者“科涅克”。

Cognac 可不是随便叫的，专指在法国境内指定地生产的白兰地。在法国，干邑白兰地有经过监管机构干邑协会（BNIC，Bureau National Interprofessionel du Cognac 的缩写）认定的六大产地，只有获得授权，才能生产，并且要严格符合监管组织制定的规定，才能冠名 Cognac。其他地区生产的白兰地，无论境内境外，均不能称作 Cognac。

著名干邑白兰地品牌有：

豪达、轩尼诗、卡慕、人头马、马爹利、拿破仑、御鹿、百利吉等。

干邑白兰地的等级：

VS（Very Superior），原酒最低年份至少 2 年；

VSOP（Very Superior Old Pale），4 年；

XO（Extra Old），6 年以上；

XO 为最高级。

据说，是香港人，借用这两个字母造出了 XO 酱，意思是高级的酱。这是一种调料酱，与西餐配食，与酒无干，高级在哪里，不得而知。但好像人人都喜欢高级的东西，人给万事万物分了等级，谁来给人分等级呢？又用什么标准来分呢？

干邑得来十分不易：

1. 须在指定地点中，由指定葡萄种类生产；

2. 须以铜制蒸馏器双重蒸馏，萃取后得到的酒呈透明状，叫“生命之水”；

3. 须在特定法国橡木木桶中陈酿，让时间造就其色泽和味道，越久远越好。

且看这瓶上的密码：D'USEÉ COGNAC，Château de Cognac，VSOP，40%，750ML。

法语，破译出来是：

铎世干邑，法国干邑城堡酒庄酿造装瓶，4 年以上陈酿，750 毫升，酒精度 40 度。

铎世干邑系出名门，是著名的豪达男爵干邑（Baron Otard）的“小弟弟”，2012 年推出，似乎针对发展中某国特别开发的，由法国干邑城堡（Château de Cognac）酿造。干邑城堡是法国国王弗朗索瓦一世（François I）的诞生地。

VSOP 意味着至少陈酿 4 年的生命之水。酒的自身价值高，怪不得酒瓶和酒标那么讲究。还有透明标签，是一段提醒：

政府警告：

1. 根据外科常识，女人在怀孕期间不得饮酒，因为会造成胎儿缺陷。

2. 饮酒会削弱驾车或操作机器的能力，并引起健康问题。

请负责任地享受。

负责任地享受？人文关怀？就像香烟盒子上不明显但必须有的告示：吸烟有害健康。不是姑妄言之，郑重其事告之，但可姑妄听之，最好不要信之。

为了纪念此一不期而遇，买一瓶，带回去？

58. 想到“洗儿会”

我所在的人文和社会科学系后勤有三人，戴碧、梅格和安娜。戴碧是主任，梅格和安娜一大一小两个秘书。今天，安娜发邮件提醒说：

> 今天就是这个日子！请停下来歇会儿，来祝福梅格，有小吃（水果、饼干和没有面筋的点心）。有课无法参加的人，我的办公桌上有两张卡片，请签名，然后送给梅格，人多卡片不够用，所以请选择一个卡片签名。希望在那里看到你！

什么日子？哦，想起来了，梅格怀孕了，即将生产，休假之前，系里准备给她办个 Baby Shower。

Baby Shower 是什么？婴儿沐浴？“洗儿会”吗？可是她还没生呢。不懂就问。

原来，这里的 Baby Shower 不是“洗儿会”，是为准妈妈举行的庆祝仪式，大家送礼物给准妈妈和未来的宝宝，“让准妈妈沐浴在赠送给新生儿的礼物之中”。

Baby Shower 会上，准妈妈会得到养育婴儿必备的各种用品、育儿经验，大家吃喝玩乐做游戏，开心快乐，为即将生产的准妈妈减压、降躁，施以安抚、培训。这对将为人母要过大关的年轻准妈妈来说，实在是很必要的。

梅格是个典型的美国人，胖胖的，怀孕以后更胖了，她人高马大，一头清汤挂面，很朴素，每天坐班，办公桌在系办公室走道的出入口，总是在吃点什么，怀孕的准妈妈胃口大。我初搬到这一边，不熟悉环境，常麻烦她，问这问那，要这要那，她都热情相助。安娜说，大家可以在系里准备的卡片上签字，或自送卡片给她，系里准备了很多小吃，请大家一聚。不巧聚会时我正好有课，去不了，巧的是我刚买了两袋有机小米，就提了一袋送给她。按照我们中国的习俗，小米送给产妇最好。美国人 Baby Shower 鲜有送米的，大家送的礼物，主角儿都要在聚会上当面打开，我送的小米，入乡不随俗，不知道美国人怎么想，但是有礼人不怪吧，反正我本来就是外人。

Baby Shower 不是“洗儿会”，但我想到了“洗儿会”。

“洗儿会”在中国，尽人皆知，婴儿出生后三日或满月时，亲宾盛集，围观婴儿洗澡，很多仪式，大同小异，围盆，搅盆，添盆……这是小婴儿到人世的第一个重大的社交活动，好玩好看，热闹吉庆。

唐朝有一场高规格的绝妙的“洗儿会”，据姚汝能《安禄山事迹》：

（安禄山生日）后三日，召禄山入内，贵妃以绣绷子绷禄山，令内人以彩舆舁之，欢呼动地。玄宗使人问之，报云："贵妃与禄山作三日洗儿，洗了又绷禄山，是以欢笑。"玄宗就观之，大悦，因加赏赐贵妃洗儿金银钱物，极乐而罢。自是，宫中皆呼禄山为禄儿，不禁其出入。

多么热闹好看。

59. 请君喝茶

中国人喝茶，洋人喝咖啡？这说法早就过时了，全世界的人都喝新奇！君不见中土崇尚西洋的星巴克、拉菲，西洋追捧中国的龙井、普洱……互通有无，方兴未艾。一体化的大门已经打开，想关也关不上了。

人人都可喝茶，但茶并不适合所有人，陆羽说：“茶之为用，味至寒；为饮，最宜精行俭德之人。”

“用”指的是药用，因为“性至寒”，“若热渴、凝闷、脑疼、目涩、四肢烦、百节不舒，聊四五啜，与醍醐、甘露抗衡也”。看来茶治上火热病有特效，可以和醍醐、甘露媲美；“为饮”则说茶可以饮用，人渴欲喝，茶亦解渴，但茶不适合牛饮，最适合“精行俭德之人”。

何谓“精行俭德之人”？最好的解释是：“专一践行自律品德的人”，即一个人在生活中刻意追求节俭美德以自律。这和茶的品性相配，陆羽说，“茶性俭”，淡泊内敛也。

茶品与人品相配才最相宜。

话说1901年，美国有两位贤妻良母，威斯康星州密尔沃基的罗伯塔·劳森（Roberta C. Lawson）和玛丽·莫拉伦（Mary Molaren），一起喝茶聊天。那时候，茶对于洋人也是“金可有而茶不易得也”。她们抱怨中国式泡茶，每次得泡一壶，茶叶使用量大，一壶喝不了，凉了不好喝，倒掉太浪费了，两人商量发明了网织棉布袋茶，用小袋将茶叶包上，每次喝茶既节约又方便，好极了，立刻申请专利！据说，这个茶包和现代茶包很相似。

呜呼，此真西方精行俭德之人也！人性相通，东西方贤妻良母都一样，勤俭持家是出发点，不意暗合了茶这灵草对饮者的要求。美国文化确是市场价值为取向，循着这条路往商品方向走下去，细化，量化，标准化。过几年，又一位精明的商人托马斯·苏利文（Thomas Sullivan）在推销茶叶时另辟蹊径，也把茶叶包了起来，茶包——袋茶遂风行天下。

时代车轮滚滚向前，茶包上架了，今天美国商场里的茶琳琅满目，85%以上（我也量化一回）茶包为主，真正的散装包茶叶几乎不见，连中国城、亚洲商场也踪迹难觅了。

镇上有一家新开的海威（HYVEE）超市，面积极大，里面的货品很高端，洋茶种类太多，大的分类有绿茶、红茶、黑茶、白茶、花茶、果茶、药茶、保健功能茶……我特别想找散装的绿茶，可是众里寻他千百度，上下求索无觅处。货架上的茶，名字起得诱惑人，包装包得迷惑人，品种太多麻烦人，这些商品，看着都挺喜人，可是，怎么觉得有点晕？

瞧这些名字：悦人白茶、大胆黑茶、脱咖啡因茶、抹茶、格雷伯爵茶、抗氧化荨麻叶茶、怀孕茶（怀孕以后喝的茶）、茴香茶（有人不能吃茴香包子，闻着就恶心）、马黛茶、摩洛哥薄荷茶……唯独没有我想看的国内司空见惯的盒装绿茶。正纳闷郁闷，猛然看到了几个小盒上书：PURE LEAF，纯叶子！绿茶，红茶，柴茶（CHAI TEA），16 小包的茶叶，28.8 克，真的茶叶，但是透过半透明的细纱布袋，看到的是类似一小撮树叶子掺杂切碎的草棍的东西。茶叶当然也是树叶子，这茶叶，好吗？

"茶袋里面包的是茶吗？"有美国学生曾问我。

不知为不知，吾不知也，只能回答：袋茶？待查。

PS：

关于茶，有一则故事，宋人唐庚的《失茶具说》：

吾家失茶具，戒妇勿求。妇曰："何也？"吾应之曰："彼窃者必得其所好也。心之所好则思得之，惧吾靳之不予也，而窃之，则斯人也得其所好矣。得其所好则宝之，惧其泄而密之，惧其坏而安置之，则是物也得其所托矣。人得其所好，物得其所托，夫何求哉！"妇曰："嘻！乌得不贫？"

茶具丢了不找，还说出一堆理由，有情有理，慰己慰妻，如此度量与胸襟，这是中国古代读书人。

嘻！乌得不贫？

60. 伟大的老师：恩斯特·伊辛

多年以前，有一天中午，罗杰在芝加哥一个餐馆里，看见一个人手里拿着一本物理书。罗杰说那时看这种书的人很少。罗杰跟他打招呼："你在看物理书？"

此人一笑："嗯。你也看这书吗？"

罗杰说："我是搞音乐的，我对物理知道得很少，我只知道有个伟大的物理学家名叫恩斯特·伊辛（Ernst Ising），他应该得诺贝尔奖。"

罗杰说："没想到这个人听完我的话，脸色煞白，一下子瘫到了地上。"

他就是恩斯特·伊辛。

在物理学领域有许多伟大的名字，恩斯特·伊辛是其中一个。这位德国物理学家发现了用于统计物理学的标准模型之一：伊辛模型（Ising Model）。

他不仅是一个卓越的物理学家，还是一个伟大的老师，他在伊利诺伊皮奥里亚的布拉德利大学做了近30年教师。

恩斯特·伊辛于1900年5月10日在德国科隆出生，父亲是一个商人。1919年他开始在哥廷根大学学习物理和数学，后在汉堡，遇见了物理学家威廉·伦茨。伦茨建议伊辛把注意力转移到理论物理学上来。在伦茨的指导下，伊辛于1922年开始研究铁磁性模型，完成了一篇论文，这就是著名的伊辛模型。

在汉堡期间，伊辛和几个物理学上的伟大人物相遇：沃尔夫冈·鲍利（Wolfgang Pauli），奥地利物理学家，量子物理学最早的先驱者之一。此外，奥托·施特恩（Otto Stern），物理学家和诺贝尔奖得主，及沃尔特·格拉赫（Walther Gerlach），另一位著名的德国物理学家。

获得博士学位后，伊辛搬到柏林，在专利局工作。这是份好工作，他过得很舒服，但他不喜欢这个工作，一心想当老师。他在博登湖（Lake Constance）附近一个著名的寄宿学校当老师。工作了一年，于1928年回到柏林大学，开始研究教育学和哲学。两年后，他通过了国家高等教育考试并结婚。他的妻子简是个医生。后来两人搬到施特劳斯贝格，伊辛在一所学校当老师，带研究生。

1933年1月，希特勒上台，眨眼间，所有犹太公职人员下岗，伊辛失去了教师工作，失业一年，此间他曾在巴黎一所移民儿童学校短期打零工。

1934年，伊辛在一个为犹太儿童成立的寄宿学校工作，这里非常接近波茨坦，隔壁是学校租来的一处大房子，房主是谁？你猜不到，伟大的爱因斯坦！5年后，伊辛成了校长。

1938 年，作为铲除德国犹太人计划的一部分，伊辛工作的学校被毁，他被盖世太保带走审讯了 4 个小时。他被迫答应和妻子离开德国。他们先前往卢森堡，准备从那里离开德国，但是，因为名额已满，只好暂住下来等待，为了生存，他们做很苦的工作。

1947 年，恩斯特·伊辛和妻子到达美国纽约，他在州立师范学院担任教师。一年后，成为伊利诺伊州布拉德利大学的物理教授。他的妻子简也成了学校的教师。

1953 年，美国授予他公民身份，他改名为欧内斯特·伊辛。

至此，他才做稳了自己喜欢的教师工作，直到 1976 年退休。

他提出了伊辛模型，但他并没有真正意识到它有多么重要。阴差阳错，他离开了热爱的物理学研究，从一个伟大的物理学家变成了一个伟大的教师。

伊辛热爱教书，他自己说，只有学生与他一起笑了，这堂课才是成功的。学生们永远忘不了伊辛在布拉德利大学上课时的幽默和他精心设计的课堂实验。他是一个奇妙的老师，为大学做出了很多贡献。

欧内斯特·伊辛一直住在皮奥里亚，1998 年，在刚过完 98 岁生日后的第二天去世。他的妻子活到 105 岁。

他再也没有发表第二篇研究论文。他本来可以得诺贝尔物理奖的。

不过这世上也没有“本来”，就像吴健雄，本来她也应该得诺贝尔物理奖的。

“他应该得诺贝尔教师奖。”布拉德利的师生也许会这么说。

61. 唐仲英中国馆

几年前，2015 年 6 月 24 日，在芝加哥著名的菲尔德自然历史博物馆（Field Museum of Natural History），美国首个大型永久性中国展馆——唐仲英中国馆对公众开放。

唐仲英，芝加哥知名华裔企业家，1950 年移居美国，曾就读于伊州理工大学(IIT),后在大芝加哥地区创立唐氏钢铁工业集团。

媒体报道，唐仲英中国馆“具有里程碑意义”：全美第一个以人类学角度展现中国文化历史的永久展馆。140 多位专业人士（人类学家、历史学家）付出巨大努力，用有限的空间，展示出中国古老而博大的文化历史，为公众提供一个了解中国文化的平台，使后代拥有见证历史、感受伟大文明的机会。

中国馆展品以人类学为主题，详细介绍了中国自夏朝以来的历史和文化。

展览分绚景与异俗、礼仪与政权、权移与道统、信仰与神话、跨界与关联五个主题，专家们从收藏的 4 万件中国藏品中，选出 350 件精品：从 8000 年前新石器时代的石器，至商周的青铜酒器，汉唐的殉葬品，南宋游似丞相的《兰亭序》拓本，清乾隆的绛丝五爪九龙袍，佛道教的千手观音、八仙雕像……到13世纪爪哇海沉船的遗迹，以及织物和绘画等。其中，北宋张择端的《清明上河图》副本真迹，是“镇馆之宝”。

展馆设计精致考究，实物展示结合多媒体手段，《清明上河图》的网页版，生动有趣。据说每个展品背后都有三个故事。人人都爱看故事，为什么是三个？我猜布展的专家知道，中国文化里三为众、多的意思，也许每个展品后面都有多个故事，比如历史文化，比如原主，比如如何流落于此。《西游记》的皮影戏本身就是好看的故事；醒目的京剧脸谱，背后的故事这样唱：“蓝脸的窦尔敦盗御马，红脸的关公战长沙，黄脸的典韦白脸的曹操，黑脸的张飞叫喳喳……”咦？怎么没有西楚霸王项羽呢？想起一个老同学令人叹为观止的脸谱头像，可惜后来换掉了。

所有的展品在博物馆网站上均可见，且有3D的360度展示。展馆特布置一间科举考试小考场，设计仿真，跟当年科举考试一样大小的小屋，让观者如临其境。每个展品下面都有触摸屏，可以放大观看细节。《清明上河图》的真迹照片，在触摸屏上可放大缩小，各种小人，有详细介绍，就差姓字名谁了。

五个展厅之外，还有一座“苏州灵石东方花园”，博物馆将苏州捐赠的八块太湖石放置在竹子地板上，墙体玻璃设计成水纹，巧妙融入中国文化元素，营造中国园林的意蕴。

有一个秘密，你可能想不到：菲尔德自然历史博物馆目前展出的东西，仅是全馆收藏的1%，其他的宝贝，都秘密藏在博物馆的地下二层和楼顶两层里。全馆有140多位全职人类学家和历史学家，他们不是管理人员，不是喝茶看报坐班的，是真正的“工作人员”，他们每天勤勤恳恳工作，兢兢业业做事，用多媒体手段阐释展品，推到网上，给公众提供优质的学习资源，因为“这是全人类共同的文化遗产”。

博物馆还有个慷慨大方的规定，你可能也想不到：展品可以出借，那些仿制品或真品，都可以免费出借。其实，美国博物馆在公众心中，和没有围墙的学校一样，有着重要的教育功能和公益性质。理应如此。

PS：

看到一则国内新闻：

> 全国政协委员、故宫博物院院长单霁翔说，故宫博物院的宫墙内仍有部分单位与故宫无关……故宫博物院目前有37个部门、1450名员工，管理和研究人员总数居世界博物馆前列。随着故宫博物院员工不断增加，办公管理用房占用文物建筑的比例较高，一方面使用需求与文物保护矛盾突出，另一方面占用文物建筑与扩大开放的目标矛盾突出，这两个矛盾致使故宫整体保护和文化遗产价值阐释的要求难以实现。
>
> ——《北京晚报》，2017年3月3日

故宫博物院已经改善很多了，可是单院长还是心急，快点再快点。我又犯了毛病，跟着人云亦云，什么时候我们的博物馆展览水平才能居于世界前列呢？

62. 这样活到老

我上课的语言教室很忙，各种外语课程，汉语、法语、德语、西班牙语、日语……从早上 8 点一直排下去。一班一班师生们，来来去去。

去年，我的课排在德语课后，授课的是博多教授。他可能是本校最老的特聘教授了，不知多老，腰已经直不起来了，拄着拐杖，拉着一个小公文箱。可能是地心引力的作用，他鼻子看起来很大，脸也很长，但是西装革履，毫不含糊。他常拖堂，让我和我的徒儿们在楼道站岗，等他下课开门。他总是乐呵呵地对我说："Now, it's yours!"（现在，该你了！）声如洪钟，在楼道回响，感觉余音绕梁。

他的班上有位学生，身高近两米，真正人高马大，年过六旬。这很平常，美国人退休以后不闲着，做义工，读大学，活到老，玩似的忙到老。

这学期我排法语课后，一位女老师，短发半遮面，一边长一边短，不对称的美。也许我也有 OCD（强迫症），我常有替她剪齐的冲动。不久，教室里多了一大盆景，是一棵小型树，叶子绿蓬蓬的，我问她这是什么植物，答曰，不知道，是她女儿的爱物。为什么放到教室里？因为放在家里不知为何奄奄一息的样子，女儿求妈妈把它换个地方散散心，植物和人一样的，需要旅游。有道理，所谓人挪活，树挪死，那是动了根。

博多教授不见了，他班上的高老生却转到了我班里。此君今年选了我的课，不修学分不要成绩，为上课而上课，他喜欢外语。

第一节课，照例是起汉名。他的英文名三部分，第一词是波兰语，styczynski，一月的意思，我听发音，立刻想到孟子的名言，遂赐名"斯大任"。他姓 Robert（罗伯特），叫他罗大任也行，但我觉得罗大佑气质和他不甚相符，就姓"斯"吧。不过，他也不像斯大林。

他不明白，问我什么意思。

我找出专家翻译的英文，告诉他："天将降大任于斯人也，必先苦其心志，劳其筋骨，饿其体肤……"

"Wow! Nice!"（哇噢，好极了！）他大笑。他真明白了吗？不一定。

慢慢知道，他除了做学生，还做老师，在大学附中代课，什么都教，数学、英语……都是临时替补。有一天跟我请假，说下次要晚来一会儿，因为要到中学教中文课。

他的同班同学，我班上漂亮活泼的巴西女孩柯佳丽听见，不禁惊问：

“Teaching Chinese! You??”（教中文？你？？）

一个加重充分的全三声，高八度的语调。

大概她认为斯大任和她一个水平，都是零起点，汉语一句不会，白嘴起家的，学了三句半，如何能教别人？但是，这里是美国，只要你说“Yes，I can!”“Well，You can!”（“是的，我能！”那么，你能！）

实际上，这个最老的学生学得最好，他学习能力很强，态度极其认真，以前在 IBM 工作。他的一个女儿刚上大学，校队打排球的，女儿到处比赛，他也走马赛场类转蓬，跟着到处看球，北美各地，夏威夷，台湾……满世界飞。

他有个好习惯，天天一苹果，课间休息，拿出苹果，咔嚓咔嚓带皮吃。我们聊天，关于苹果。我说苹果树不好种，爱生虫，需要经常打药。他说美国的农药残留少，洗干净没问题。他告诉我美国苹果的种类：金冠苹果（Golden Delicious），红蕉苹果（Red Delicious），蜜脆苹果（Honeycrisp），史密斯奶奶苹果（Granny Smith），富士（Fuji），嘎拉（Gala）……我常买蜜脆苹果，这种苹果是申请了美国专利的，脆，甜，果香浓郁，口味我觉得超过富士。他同意我的看法，他说蜜脆苹果贵，附加很多隐形费用，实际上嘎拉、富士品质也很好，他每天一个富士。他有糖尿病，吃饭受很多限制。

他会多种语言，法语、德语、意大利语、西班牙语等，都是西语近亲语。他多闻又善学，我举一隅，他常以三隅反。学了汉语，他就把同样意思的话用不同语言说出来，有时在白板上醒目黑书，比较不同语言的特点、构词法，展示规律。班上学生大都20岁左右，跟他没大没小常开玩笑，我的课总是很快乐，经常在嬉笑声中大家作鸟兽散。

我们互为师生，我特意跟他学了几句德语："姑滕踏歌"（早上好），"顾特那喝特"（晚上好），"蛋壳"（谢谢），预备以后跟儿子卖弄。他告诉我，德语语法很麻烦，但有规律，发音很费劲，需要底气，是适合男人说的语言，必咬牙切齿、满腔仇恨才能说得地道标准。

说起了博多。我游泳时遇见了他。

连着好几天，在泳馆看见博多教授。他退休了，每天早上5点，健身馆一开门他就来，锻炼一小时。

"那么早，您一定是第一个吧，也许是唯一的一个。"

他摇摇头，用手比画，15个左右，下午还来一次（会员不限次数），来SPA，桑拿，"Meet people like you!"（与像你这样的人见面！）真是我的荣幸。

斯大任告诉我，博多是学院元老级的教授，教了45年了，刚刚荣休，他年轻时是国家皮划艇队员，参加过多次奥运会。肃然起敬。

这一天，我游完去泡SPA，看见博多教授在水里坐着。

"Welcome to the warm!"（欢迎来到温暖中！）依旧声如洪钟。

“您不游泳？”

“什么？游泳？哦，不，我划船，除非船翻了，我才游。”

哈哈，幽默的老头儿。

说起奥运会，他伸出右手给我看，在土耳其一次比赛中手腕断了，一个高高的隆起，从此结束职业生涯，做了教授。他说：“生活中充满了不幸，但是，生活中也充满了幸福。生活是体验，全在你内心。”

博多教授有两个儿子，一个开商店，一个是高档饭馆的大厨。

63. 有办法与没办法

美国人喝凉水，到处都是饮水器，流出的就是经过过滤的自来水。在学校总看见,学生口渴了,头一伸,喝两口饮水器的自来水。

我不习惯喝凉水，自己烧水，买了一个透明的玻璃电水壶，德国造，烧了多次发现水碱残留很少，水的味道，虽然不似喝惯了的北京西山泉水，也没有什么异味，我就放心地用自来水。

可是，儿子喝了这水以后，说："不行！妈妈不能喝这水！有味！"坚决要我买水喝。

儿子的话当然是圣旨，岂有不遵之理？从此我就买水喝，瓶装水，桶装水，自来水就成洗碗水了。

某天去洗衣房，劈头看到门上醒目告示：

全镇范围内煮沸水命令

等待进一步通知

喝的水和做饭的水

煮沸再用！

改朝换代了？新总统上台的新法令吗？不知道出了什么事。接着看到邮箱通知，同样内容，烧水煮沸喝！

华人群在讨论这事，知情者说，本镇某一段自来水管道泄漏，可能导致水质污染，为保障安全，政府请市民水煮沸后再饮用。

看来无大碍。我又犯毛病了，很感慨，保证市民喝安全的水，这是政府的责任，所谓在其位，司其职，是也。

看国内新闻，有一则“机场丢失行李找回记”，看了加倍感慨。简录如下：

小倩 2 月 13 日乘飞机自香港至北京，行李疑似丢失，物品价值 16700 元。

小倩开始追寻行李：

第一阶段：求助。

航空代办公司一查，无果，没有回复。

电话打不通，小倩又到机场，再查，无果。

工作人员说，按流程如此再查 7 天，如无果，将转航空公司处理。

第二阶段：自查。

去监控室察看，发现可疑人影，走向海关 B 出口。

第三阶段：推诿。

小倩追去海关 B 口，求查，被拒，因摄像内容不能公开。

至此，小倩的问题成了皮球，各有关单位开起足球运动会，各方踢来踢去，都称“没办法”。

记不清了，大约十几年以前，一个外国学生曾问我：“老师，你知道吗？中国人最爱说的三个字是什么？”

肯定不是“我爱你”，当时脱口而出：“吃了吗？”

他摇头：“No，是‘没办法’，这是中国人最爱说的话。”嗯，说得对。

十几年了，现在外国有的，中国几乎都有了，事事有办法，照搬的办法，特色的办法，唯有“没办法”的语境没变，情景语境也好，文化语境也好，依然“没办法”。

多亏小倩聪明，自己会想办法，案子终于破了。可是4天追查，呕心沥血，各种花费2000元，损失很大。

新闻最后说：“提醒旅客，贵重物品千万不要放在行李箱托运。”

这是办法吗？

64. 为此人者，“其知道乎？”

“世有伯乐，然后有千里马。”我眼神不好，高度近视，看世界一片混沌，不过戴上眼镜，我竟然发现了一匹良马，一个可造之才，一块可琢之玉，他是 19 岁的诺杰。

诺杰出生在香槟市，一个大家庭里最小的孩子，他有 6 个姐姐和哥哥。

这个大家庭不寻常，姐弟 7 个，都不上学堂，上的都是家庭学校（Family School），教师是妈妈。他的双胞胎姐姐一个博士，一个老师。他说妈妈是家庭主妇。这一定是个全能的女人。

有人天生异禀，适合学外语，一学就像，也有人相反。这都是没有办法的事。我确信诺杰有语言天赋，汉语的四声、汉字书写，这些困难对诺杰而言不值一提，他甚至连我的语调、口气都模仿得惟妙惟肖。他的记性很好。记性好是一个人聪明的表现。

他 19 岁了，没去过芝加哥，没吃过山珍海味，没穿过名牌衣服，他的衣服都是哥哥们传下来的旧衣裳，他不知道本地的首富别墅、各种大宅、高档旅馆等，他上这所学校是因为就近并且学费便宜，很多课程学分可以转，两年拿到副学士学位，他可以转到伊利诺伊大学厄巴纳–香槟分校，住亲戚家，继续读本科。

也许是他从未上过学校吧，他很珍惜课堂学习的机会，他不孤僻，爱说话，还爱开玩笑。他会学习，有很好的学习习惯。他掌握了学外语的方法：勤，听说读写四项技能无一不勤。我跟他说我的孩子学习德语，我希望他能像你一样勤奋，找到好的方法。他却说："这要看他的德语老师怎么样！"

我初见他，他留着络腮胡子，腆着肚子，是个胖子，根本不像 19 岁的青春少年。去年下学期，他告诉我，他要锻炼减肥。从此每天 7 点钟起床，在家门口的散步道（trail）走路半小时，再吃早饭；中午休息时，去学校健身房跑步；控制食量。寒假后再见他，大变样！他减了 32 磅（约 15 公斤）！他的目标是到 190 磅（86 公斤）。

他对自己的评价是喜欢独一无二（unique），喜欢挑战（challenge），我看他自尊自律，聪明有礼，外表温良，内心细腻。他智商应该很高，可是他常令我想起《阿甘正传》里的弗罗斯特·阿甘，因为美国年轻人热衷的东西他知道不多，也不感兴趣，他是个异类。生活简单，思想单纯，目标明确，没什么大志向，目前就是减肥，学好汉语。他听说会汉语的美国人找工作比不会汉语的人工资高一倍，他记住了这句话。他想过更好的生活。他每天按时上课，从不缺课。

兴趣是最好的老师，诺杰是一个明证。他对汉语产生了浓厚的兴趣，学习上跑得比同学快，甚至比我还快，常常跑到我教学进度的前面。他会自己上网找与课本学习有关的一切，并拿来和同学们分享，我觉得他吃不饱，常给他开小灶，布置额外的作业。别人学两本书，他学四本，逐一比较书的优缺点，讲得头头是道。别人汉字写得七零八落，他既快又好，小作文写得像模像样，幽默又有趣。我曾发给他一纸小短文，是 Mr. He（先生）的偶尔戏作，他十分喜欢，在电脑上一个字一个字敲出来，花了很长时间。他真的喜欢中文。

这学期结束，他有资格申请中国政府奖学金，到中国留学，可是他连美国护照也没有，没办过。办一个美国护照需要 100 多美元，“也太贵了”。我知道他妈妈有病，爸爸身体还好。诺杰说：“他们都老了。”

诺杰这名字很好，他特意要我再给他起个名字。他的英文原名 James Norcras，想了想，遂赐名“诺如山”，出自成语一诺千钧。我告诉他，中国古人通常有名有字有号，你可以姓诺名杰字如山。这下他觉得自己真的与众不同了，兴奋得脸都红了。

与很多中美孩子比较，诺杰占有的资源很少。也许对于成长来说，某些时候，少即是好。什么是成功？一个哲人说，成功即是把一件事情做得告一段落。从这个意义上说，诺杰很成功。

为此人者，“其知道乎？”

66. 火车及其他

美国铁路人称“美铁”（Amtrak），是由英文“美国”（America）和“铁轨”（track）组成的混合词。

比起中国的高铁，美国火车不够新，座位挺宽大，盖美国人型号偏大也。在我看来，车厢简而不陋，座位舒适，此外，一切多余设施皆无，不对号入座，车厢空得很。车上提供免费WIFI，有电插口，看不到站名，好像乘客都是胸有成竹，目的地了然于胸似的，这让陌生客感觉有点惶恐。可是不必着急，事缓则圆。连接上无线网后，实时路线图就出来了，就像谷歌地图，自己现在身在何处，下站何地，何时到达，清清楚楚，你想知道的都有了。报站也轻轻地，仿佛是隐私，不必广而告之。乘客都很安静，看书，听耳机，刷屏，闭目养神……各人自做个人事，不管他人瓦上霜。

在日本时，出门坐城轨列车。人口高度集中的东京，在高峰时段城轨、地铁的拥挤令人震撼。新干线列车，没有想象中那样快，在10多年前是人人有座的。当时和一位同事同在日本，我在东京，她在神户，假期邀我西游，盛情款待。记得京都车站宏大现代，奈良的若草山，满街都是梅花鹿。时隔十几年，如今北京地铁有过之无不及了。有位朋友，久居海外，养尊处优，回国偶坐地铁，感受太深，刻骨铭心，发我长长一段感想，非一个“挤”字了得：“那是残酷的战争，几乎你死我活！”

芝加哥车站很气派，虽然不新。有人见惯了国内“豪华装修”的建筑物，觉得它“太破了”。装修本是专有名词，如今大而化之，浸润到生活的各个方面了，一切都需要“装修”，否则没有“市场”。作家王某评点著名导演张某，说他就是“特别会装修，全靠装修”，想想也是没办法的事，要生存，搞装修。

想起30多年前的没怎么装修的老北京站了。又记起坐火车到北京上大学的那一天。似乎是个阴天，几个同路的同学一起走，送行的人很多。车来了，因是中途上车，没有座位，大家都站着，兴奋又惶然。终于等着一个座儿，轮流坐，一位男同学让我坐，车到天津，他到站了，在月台上，他回过身，向车上的几位道别，冲着车窗里深鞠一躬，转身昂然而去，我看着他的背影，那一刻，不胜惆怅。30多年后，再见他的玉照，真正的绅士了，依旧阳光健朗。

大学时代，放假回家，一年坐两次火车，越来越挤，越来越挤，某次竟然人刚挤上车，行李还没来得及递，火车就开动了。后来自己有了车，就跟火车道别了，再后来有了高铁，两个小时就可以到家了。虽方便，却极少坐。

东方列车，西方列车，同样的岁月，不一样的歌。

67. 芝加哥的第一个地标

1871年，一场蹊跷的大火，在芝加哥烧了几天几夜，火浴之后，城市重生，芝加哥一跃而为西方世界最具现代感的大都市。它比纽约宽，比欧洲高，壮丽宏伟的现代著名建筑云集，城市本身已然一座现代建筑博物馆。

在芝加哥大学校园里，有一座名筑——罗比宅（Robie House），是弗兰克·劳埃德·赖特（Frank Lloyd Wright）的杰作，美国人自豪地称之为“第一个现代建筑”。

赖特，是美国最伟大的建筑师之一，著名建筑学派草原学派（Prairie School）的代表人物，其“草原风格”建筑的灵感，来自美国中西部平坦广阔的大平原。

赖特出生在威斯康星州的乡村小镇，亲近大自然的农场生活，深刻影响了他日后的建筑理念。他在威斯康里大学麦迪逊分校学建筑，只上了一两个学期，看到机会，果断离开校园，原来他是盖茨、扎克伯格的榜样，大学在他们眼里只是职业培训和等待时机的阶段。

在与美国摩天大楼之父路易斯·沙利文合作时，赖特只是一个才华初露大学肄业的小学徒，沙利文资助他在芝加哥建起自己的住宅，在此生活和工作了 19 年，生育了 6 个孩子，成为建筑界最耀眼的明星。

早年，赖特多为芝加哥郊区富人营建私人宅邸。1909 年，赖特为邻居切尼建房，不料与邻居的妻子玛玛陷入热恋，“人们经常看见两个人坐在赖特的汽车里”，赖特在业界声望因此一落千丈。婚变、事业受挫，他携玛玛逃离芝加哥，游历欧洲和日本，最后定居威斯康星的塔里埃森，在此和玛玛育有两子。灾难降临了，家中仆人发疯，住宅被烧，玛玛和孩子也被疯子杀死。

罗比宅位于大学校园 E58 街和伍德劳恩南街（S Woodlawn）大道交会处的东北角，远远望去，不似国人心中所谓的豪华别墅，甚至不像是住宅，第一印象就是一个建筑物，大，低，平，疏落又相连的长方图形沿水平方向延伸展开，窗户隐藏在屋檐巨大的阴影之下。

这就是“草原风格”建筑吗？

细看这座房子，内行有以教我：赖特强调的重点是建筑的水平方向延伸，形体构成自由，顺应自然景观，刻意模仿美国中西部宽广延绵的地貌。建筑以砖和混凝土作为主要材料，将长方形的屋檐以水平向左右延伸，出挑的屋檐长达两米。赖特认为住宅不仅要合理安排卧室、起居室、餐橱、浴厕和书房，方便日常生活，更重要的，是要增强家庭的内聚力，这使他在设计中把火炉置于住宅的核心位置，作为垂直元素，成为必不可少但又十分自然的场所。罗比宅的核心就是位居中央的火炉与烟囱，象征家的中心感与归属感。这座建筑是“草原住宅”(Prairie House)的经典之作。

想象一马平川的大平原上，一座载着人间烟火的房子，扑面而来的草原气息……

赖特是个生机勃勃充满激情的人，生活诗意浪漫，建筑设计恃才自负大胆。当时美国盛行哥特复兴风潮，主流社会对欧洲竖直形态的哥特式建筑趋之若鹜，他鄙夷这种盲目崇拜欧洲、生硬模仿古代的拙劣品位，反其道行之，横向发展，众人皆“竖”我独“横”，他要标新立异走自己的路，创造出属于新大陆的建筑文化，事实证明，自己的路才是康庄之衢。

罗比宅于 1910 年完工，房主罗比（Frederick C. Robie）一家只住了一年零两个月，罗比先生因生意倒闭而搬出了。其后房子几经转手，1926 年被卖给芝加哥大学神学院。神学院欲拆未成，因外界强烈抗议，那时赖特已经 90 高龄了，他支持抗议者并说：“这证明把任何有灵魂的东西交给牧师都是危险的。”当此时也，芝加哥刚通过一条地标法案，舆论加立法，罗比宅遂成芝加哥有史以来第一个地标（Landmark）。

今日的罗比宅已无人居住，在赖特保护基金会管理下向游人开放，参观者寥寥。

建筑如人，有着生命，人生活其中、穿行其中、徜徉其中，与自然融为一体，建筑就是活的有机的，人去楼空，宅即非宅矣。

静穆中，凝视这座非豪宅的至豪宅，俨然一座纪念馆，纪念气势超越了住宅本身。

想起崔颢诗：

昔人已乘黄鹤去，此地空余黄鹤楼。

黄鹤一去不复返，白云千载空悠悠。

PS：

赖特最浪漫的作品是宾夕法尼亚州匹兹堡东南50英里的流水别墅。

68. 起名的误会

名不正，言不顺；言不顺，事不成。起个好名字很重要。

在美国推广中国语言文化，一项重大的任务就是给洋人起中文名。不知为何，我喜欢干这件事，它让我有莫名的居高临下之感，是另一件让我虚荣心膨胀的事情。

通常是摆一张桌子，上列笔墨纸砚文房四宝，裁好的小纸条，彩色的 A4 纸，再加各种中国文化的宣传册。

工艺流程是这样的：先请求名者大声自报家门，然后用小纸条把英文版芳名写下来，我根据发音转换成中文版，问明喜欢什么颜色，抽一张对应的彩色 A4 纸，用毛笔写下来，呈上，完工。

今天不一样，是大学组织的国际文化节活动，学校里的各种组织团体都出动，上演世界各地文化嘉年华——吃喝玩乐的大集市，跟我们春节的地坛庙会庶几近之。

中国学生会的留学生们，准备了吃的喝的玩的乐的各种项目，炸春卷，工艺品，舞龙头，一溜桌子满满当当摆上了。

我负责写名字。

举着汉名的洋学生

写毛笔字对我来说，是一件得心不应手的事。小时候，每到寒暑假，父亲为我备好描红本、毛笔字帖，让我天天写大字，没有辅导，只是瞎写着玩，字终究写不好。上大学以后，父亲送我一副纯铜的可折叠镇纸框，十分精巧，还有一副精制的铜圆规，那是他学生时代的爱物。我周末就在九人共处的宿舍大桌子上，摊开宣纸垫毡，压上镇纸，煞有介事地写字，写来写去毫无长进，镇纸和圆规却不知去向了。

开始练摊了。我的摊位桌上摆好醒目告示：Get your name in Chinese!（得一个中文名字！）学生会主席查理告诉我说："老师，今天是大集市，大家都要卖钱的，您不能免费写了，写一个名字要 50 美分吧。"他不由分说，就替我定了润格，写了一张纸条告示：$0.5 for a name!（一个名字 0.5 美元！）把这张纸板立着放在熊猫面具的旁边了。

赶集的人们陆续进来。有学生，有家长，推着婴儿车的夫妻，拖儿带女的父母……校方已经开始卖票了，不是入场券，是到各个摊位使用的票（Tickets），每个摊位最后和大学管理处结算，管理处提成一部分。查理说我写一个名字可以要两张票。好吧，今天我要发财了。

免费的午餐受欢迎，要钱的买卖不好做，以前写名字不要钱，我常觉自己俨然一个三甲医院看病问诊的医生，洋名不足欲求汉名者络绎不绝，让我应接不暇，今日明码标价了，明显感觉局面变化，门前冷落可罗雀了。

来了一父二子，父我认识，是本系教英语的老师，我暂时的同事，儿子一名哈里，一名欧文，给了几块糖，名字爽快写好送上，当然不要钱。

又来母女，女儿洋名丽贝卡，写完才看到告示要交钱，很窘迫，大概没有零钱，也没买代用券。我赶紧说："不要紧，不要钱，拿走吧。"本来就是不值钱的东西。母女高兴而去。

一对老夫妇，妻子雅名玛格丽特。我说："您和撒切尔夫人同名。"老太太很高兴，眼睛一亮："You're!"（呀！）老先生旁边说："撒切尔用的是她的名！"夫以妻为荣。

转眼近中午，一位女士气宇轩昂走了过来，她一头金发，碎花上衣黑筒裙，足蹬高跟鞋，手拿小包，香气袭人，在我的摊前站定，目光来回巡视，注意力似乎集中在那只熊猫面具上。那是上次活动剩下的，我觉得好玩，摆出来为好看的。我赶紧笑脸相迎，殷勤招徕："Welcome, would you like to have a Chinese name?"（欢迎您，您想要个中文名吗？）

女士并不回答我的问题，她盯着那只熊猫面具，自顾自说："So how about an American name? "（那，一个美国名字怎么样？）

What?? 我很纳闷，通常洋人光顾"汉"摊儿，都是来要中文名字的，她却想要个美国名字？莎士比亚说："上帝给女人一张脸，女人自己却另造一张。"不满意也！难道这位也对自己的美国名字不满意吗？我的英文名字储备可怜，Marry、Rosy（玛丽、露丝）而已！怎够资格起英文名字？这让我十分为难，腹笥贫弱，内中无货啊！

她指着那熊猫说："It's nice."（这个好。）我如释重负："Oh yes, take it."（嗯，是的，拿走吧。）女士很高兴："Oh, good. Thank you!"（哦，太好了，谢谢你！）拿起那张熊猫面具欲走，旁边我的助理不干了，大声说："Two dollars!"（2 美元！）女士好像手被烫了一下，立刻放下面具："Oh well，I don't want it."（噢，我不想要这个了。）讪然而去。

砸摊儿了！

不过我还是不明白，她为什么要我给她起个美国名字呢？

该吃饭了，我从摊位绕出来，绕到桌子前面，从客人的角度审视一下。我看到熊猫面具旁边，立着告示：$0.5 for a name!（50 美分给个名字！）我突然明白了，那位太太以为我在悬赏征集大熊猫的名字呢！给个美国名字，我出50美分！太便宜了，她是预备给熊猫一个美国名字跟我讨价还价的吧。

这误会实在太大了！

69. 人性世界

在美国两年，收了大大小小许多贺卡，卡片上的那些甜言蜜语，常常让我飘飘欲仙。新的研究课题有了："美国贺卡文化初探"。

你瞧，我做的都是无用的，我爱做的都是无用的，拿无用当有趣，是心智不健全的表现，在这点上我是合格的。

商店里的贺卡，按照主题，分门别类。我曾研究感兴趣的贺卡，尝试翻译卡片上的语句，自觉力所不逮，只能勉力近于"信"，"达""雅"的高境界，还是读者高才自办吧。

一只狗，头戴兔子耳朵发箍，幽怨地看着你：Missing you at Easter.（复活节想念你。）

表达感谢的贺卡上写着：

Some people only know
One way of giving
With both hands
With all their hearts

Without a second thought.

（有的人只知道一个方法施恩

用两只手和整颗心

毫不犹豫）

看到这样的话，我很感动。

淡黄绿的底色，三棵发芽的树苗，一只淡黄绿色相间的花蝴蝶欲落未落，右下角：

Thank you.

Two small words

For such a

Big feeling

（谢谢你

字虽小

情义深）

打开卡片，里面：

Your kindness

Really made a difference…

Your thoughtfulness

Really touched my heart...

The gratitude I feel...

Really can't be put into words.

（你的好心

真的不同

你的体贴

真令我感动……

我的感激……

无以言表）

假如你有“绝顶聪明”的朋友，你可以送他这张卡：

一只黑身白头秃鹰（这是美国珍稀动物），目光炯炯，打开卡片：

You have vision, fortitude,

And characters.

Who needs hair?

（你有视野、刚毅，

有个性。

还需要什么头发？）

秃鹰

年轻的秘密

女人怕老，女人易老，时光偏催女人老，好在还有比自己更老的，送个卡片互相安慰吧。要好的老姐妹最好是这张：

窈窕女郎，衣着时尚，半遮眉目，回眸凝望，脉脉含情，嘴唇通红，“告诉你一个秘密，千万保密，不要外传噢”！

The secret to looking young is to always stand next to people who look older than you.

（看起来年轻的秘密是：总站在比你显老的人旁边。）

打开，里面：

Get the hell away from me!

（离我远点！）

老伙计之间的自嘲和嘲人：

一位老掉牙的绅士，头戴红礼帽，身穿红礼服，眼镜挂在鼻尖上，白衬衫黑蝴蝶结，皱着眉头撇着嘴，胸前打出一行字：

Age is just a number.

（年龄只是个数字。）

打开：

A NUMBER THAT MAKES YOU FEEL LIKE SH*T.

（这数字让你感觉像狗屎。）

岁月不饶人也。如若能学帝尧之世八九十岁老翁，击壤而歌曰："年龄于我何有哉？"应该稍雍容一些吧。不过，雍容自雍容，老还是老。

假如你有知无不言、言无不尽的朋友，这张真话卡片可以相送：

几位老太太，在健身房做操，前面一位，戴着墨镜，穿着裙装，两臂前伸，半蹲，卡片上放一行字：

You've reached the age...

（你已经到了这岁数……）

打开：

Where the toilet-squatting exercises is the most valuable one you can do.

（"厕所蹲"这个锻炼是你能做的最有价值的事情。）

中国蹲的价值体现出来了。

几个朋友一起开寿星佬的玩笑：

We did a lot of research and found the best birthday gift for under five dollars.

（我们做了很多调查才发现了5美元以下的最好的生日礼物。）

打开：

You are holding it.

（你拿的这个就是。）

寿星接到这样的卡片一定忍俊不禁了。重要的是情谊，至于多少钱，Who cares!（谁在乎！）

子女送给父亲的生日卡：

When counting my blessings, I always begin with you. Dad.

（当我祈福之时，父亲，我总是从您开始。）

两只狗，趴在高高的木栅栏上，无助地看着落在草地上的一只高尔夫球。栅栏太高了！

打开：

We are so together when we are together.

（我们在一起时是如此“在一起”。）

给高尔夫狂人及难兄难弟挺合适。

同事朋友家要添丁，可以送这个：

两只可爱的小婴儿鞋，Pitter Patter（嗒嗒的声音）。

打开：

A new little love has stepped into your life.

Congratulations!

（一个新的小可爱已经步入你的生活，祝贺！）

太阳姐姐小美女的感谢卡：

Great big "Thanks!"

（大大的"感谢！"）

打开：

For all the sweet little things you do.

（为你曾做的那些开心小事。）

"滴水之恩，涌泉相报。"也许这样翻译更好。做人也应该这样。

祝福平安（**Peace Hope Comfort**）立体贺卡上写着：

Wishing you peace—

The calm that comes from trusting in something beyond yourself.

Wishing you hope—

The strength that comes from believing in the possibility that happiness lies ahead of you.

Wishing you comfort—

The feeling that comes from knowing how much

others care for you.

（祝你平安——

平安来自相信你所不知道的。

祝你满怀希望——

力量来自相信幸福就在你前方。

祝你欣慰——

感觉来自知道多少人都在关心你。）

好朋友祝哥们儿生日快乐，虽然哥们儿生日不能参加，但是我在这里为你庆祝，为了哥们儿，干杯！

Happy birthday to you!

一个戴纸彩条帽的男人，站在小桌边，桌上一瓶酒，手举酒杯，

I raise a glass in honor of your birthday.

（为你的生日我干了这一杯。）

打开，是声控的，一个苍老的声音在唱歌，好似说梦话：

Happy birthday to you, eeeeeeh

Happy birthday to you, eeeeeeh

Happy birthday to you,

Happy birthday to you, eeeeeeh

（生日快乐！嗝……）

卡片上写：

Actually, several glasses,

Hey, no sacrifice is too big.

（实际上，好几杯，

哎，牺牲并不太大。）

原来老兄已经喝醉了……

姐妹跟兄弟开玩笑：

嗨！兄弟！

我到处找一个完美的卡片给你，我太高兴了，找到了下面这个：

（打开里面）

生日快乐！

你的美妙的、了不起的、聪明的、有才华的、可爱的、梦幻般的、迷人的、周到的

姐姐/妹妹

嗨，兄弟！

给侄儿的贺卡

（我告诉过你它很完美。）

给侄子送生日礼物，送什么呢？内裤！

假如侄子的生日你不知道送什么礼物好，卡片还有指导功能，多棒！

Nephew,

You're great just the way you are, so don't change a thing.

（侄子，

你太棒了，做你自己就好，什么也不要换！）

打开：

Well, your underwear — but other than that, don't change a thing. Happy birthday.

（不过，你的内裤——除此之外，什么都不要换。生日快乐！）

想起我的英俊侄子，我也准备效仿一次。

大量关于友情的贺卡尤让人感怀，令人温暖。

你知道什么是真正的朋友吗？
你可以告诉他任何事
他会一直喜欢你
彼此看到对方最好的行为
也看到最坏的
逗对方笑
笑到流出眼泪
彼此拥抱着，涕泗横流
这是你在一个真正信任的朋友面前能做的
所有的这些事——
谈话，倾听，笑，哭，爱——

确切地证明
我们是一生的朋友。

从前，
有一个人走过来，
这个人就是想自然地
使每个人感到一点点快乐
你对我来说就是这个人
你给了我一个新的希望
在很多事情上，包括我自己
你跟我说的那些话
我会一直记得
你帮助我的方式
我永不会忘
我们在一起的日子都是好时光
它让我期待下一次
所以，谢谢，你就是那个很棒的人
你是我的灵感
我非常高兴并感谢你走进了我的生活。

有些人给予
是因为他们想

他们必须这样做
对他们来说，
这只是该做的事
但是，当你给予的时候
我总是知道
它来自你内心
谢谢你想着我
谢谢你

你是一只真狐狸

我是如此感谢
为你的周到
你的善良
和你的慷慨的心
谢谢你

一个好朋友
知道你喝咖啡的模样。

今天想你了
希望今天你被快乐围绕
感觉舒服，想笑

你是个彻头彻尾的狐狸！如果你不信，这里有第二个意见，
还有第三个，第四个，第五个
彻头彻尾的狐狸，绝对的，
嗯，非常狐狸，相信我们，我们是专家。

好朋友的调侃。
当然是善意的。

一个小小心意
让你知道
多么感谢你

我希望我能找到
一个完美的办法来感谢你
你是一个多么善解人意关心他人的人
你总是知道人们需要什么
知道什么使人感到阳光明媚
善良是你的本性
我肯定你都没有意识到
你做的小事
给别人的生命带来多大的不同
这就是为什么我想让你知道

你的慷慨大方的精神

感动了我的生命

多少次，数不清

所以，尽管我肯定

“谢谢你”这个词你经常听到

我想再说一次，

想告诉你

我的感谢超过了你的想象。

言简意赅的：

不期而至的善意

就像你

这些真挚的絮语，表达了中外一致、古今共通的普世情怀，和流行文化结合，就成了美国贺卡文化的洋洋大观。

不由想起唐诗来。比起美国贺卡语句的直白浅露，唐诗语言远胜，俯拾即是的例子：

绿蚁新醅酒，红泥小火炉。晚来天欲雪，能饮一杯无？

千山鸟飞绝，万径人踪灭。孤舟蓑笠翁，独钓寒江雪。

日暮苍山远，天寒白屋贫。柴门闻犬吠，风雪夜归人。

…………

这样的语言，这样的意境，无论何时，都是万古常新、永远感性的，风花雪月的人性世界，是每个人内心最深最美的梦。

井底之蛙，夜郎自大，又扯远了。

好吧，亲爱的朋友，这些卡片都送给你。

70. 你好！

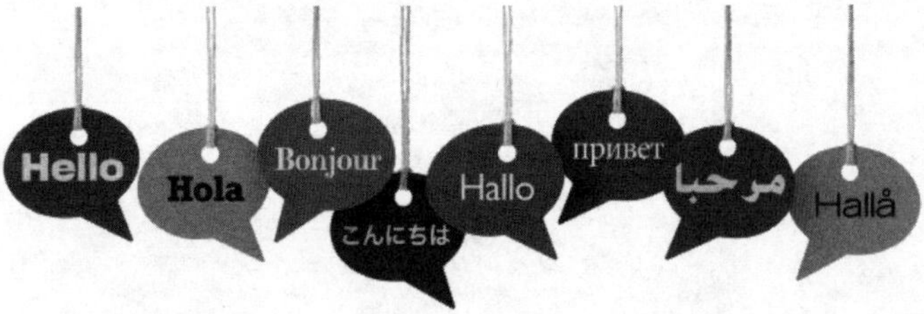

图片上的词语，你认得几个？不用说，八国语言你都懂，都是“你好”！

周末，上司来电话，要我随她一起参加晚上的ITT（International Talk Time，姑且翻成“国际聊天会”）活动，本次活动内容为“卡拉OK之夜”。

International Talk Time

International Talk Time meets at the Encounter Building (300 Normal Ave) every Friday evening, beginning at 6：30. We will share a meal, conversational English, games, and fun events. ITT is open to international students, American students, and community members. We look forward to having you join us!

（国际聊天会

每周五晚上6:30开始，在会所大厦［诺默尔大街300号］举办，有晚餐、英语聊天、游戏及其他有趣的活动。国际聊天会面向国际学生、美国学生及社区会员，期待您的光临。）

ITT对国际学生、美国学生和本地居民开放，吃喝玩乐全齐了，岂能不去？有一个体察民意的好上司真是福气。

6点半，到了大学校区附近的教堂专用场地。

进门先注册，自己在胸牌上写上姓字名谁，粘在衣服显著位置，特别要注明国别，因为来者皆自五湖四海，为了共同的目标——吃喝玩乐（有人的目标是其中之一，我是其中之二），走到一起来了。通常这个时候，我的高大上感就莫名而至，我感觉自己底气十足（强大祖国做后盾也），仿佛已然变身民间大使，出入外交场合，身负外交使命了，当然这都是自恋狂的自我感觉。

上司介绍我见过ITT的领导琳达，琳达50多岁，短发干练。还见了全职雇员艾米，她有孕在身，据说要生个女孩儿。ITT是一个国际慈善公益组织，每周五定期活动，经费靠赞助，旨在搭建平台，帮助国际学生学者互相交流，丰富业余文化生活。

本地区的活动，根据不同季节安排各异，还会去农场参观采摘等等。

凡属社交活动，占据有利地形十分必要。处处留心皆学问。倘若为吃，你要选靠近食台的桌子，近水楼台，方便取食，当然不用抢，食物很充足；或者为唱，你要尽量往前坐，接近表演台，当你跃跃欲试而有人当仁不让时，麦克风可以手到擒来；假如醉翁之意不在酒而在交友，那就要选择可以左右逢源四通八达的座位；如果蓄意只做看客，就像张岱，中元节本应赏月，他却只是看人，那么能眼观六路的制高点便很重要了，尽量往后，靠边儿坐，这样一切就可尽收眼底了。

看人最有趣。张岱说，西湖七月半一无可看，只可看看七月半之人，他只罗列了五类，一一看之。今日乃“外交场合”国际杂会，可看甚多，不止五类。我的目的有二（天机不可泄露，不过聪明如你一定猜得出），先找个边角座位坐下，看“各国民间大使们”翩然而至的入场式。

我重点是看来者代表哪一方势力的：

这一位，看胸前“布告牌”，乌干达共和国（Republic of Uganda），梳着一头一抓一把的小辫子，黑得发亮。以前有个学生叫石黑亮，是日本人，不知眼前这位有无汉名。

下一位，阿塞拜疆（Azerbaijan），小伙子英俊潇洒，似曾相识，这不是去年结婚的托菲吗？怎么没带妻子艾米呢？一扭头，看见挺着肚子的艾米——刚才接待我的全职雇员，我突然对上号了，此艾米就是彼艾米！对，就是她！时间过得真快，转眼新娘艾米要做妈妈了。

再一位，身着艳丽的“莎丽服”，浓妆艳抹，来自孟加拉国（Bangladesh）。据某位印度医生发现，女性因为长期穿束缚身体某些部位的“莎丽服”，易患癌症，称作“莎丽癌症”，不知道真假。衣服还是素净的好，不论棉毛丝麻，舒服最重要，身体发肤，受之父母，不敢毁伤，孝之始也。

…………

他乡遇故知。看见了两位同胞，都是访问学者，一男一女，各自带着自己的孩子，男士是带着孩子来陪妻子的，女士是国内某大学来研究的。既然吾辈是一家人，就把自己心中郁积已久的驻美心得推心置腹做了交换，都是内参，不宜外宣。

又见L女士。她很别致，胸牌贴在肩膀上，这样与人擦肩而过的时候，回眸一瞥不致错过。她今年5月研究生毕业，特殊教育专业——就是残障（disability）人士护理，据说很好找工作。当然已经搬了家。她说，你是第一次来吧，我从来没见过你在这里，这活动中国学生参加的不多，我常常来……她拿着一张海报，上面印着几天之后的电影节活动，何时何地有免费的电影等，她好像什么都知道。

须臾，开饭了。主餐是墨西哥风味，牛肉，米饭，鸡肉，各种蔬菜沙拉，水果，点心，墨西哥薄饼，柠檬水，咖啡……

上司盛赞今天的墨西哥大餐，她说，牛肉配米饭，颇似中餐，很对中国人口味。我们对面是一个金发碧眼的小女孩，大约是教会赞助人的孩子，她在吃卷好的墨西哥薄饼，她拿饼的姿势相当在行，俨然似吾乡人吃煎饼，左手一卷饼，右手一杯柠檬水，左一口，右一口，摇头晃脑，津津有味。

施施然过来一位年轻人，美国人，此人曾在北京留学一年，如今已毕业在本地工作了。他十分怀念在北京的日子："噢，我喜欢北京烤鸭，太好吃了。"我们边吃边聊。

灯光暗淡了，卡拉OK开唱，两位戴鸭舌帽的男士，不知是何方天王，携着吉他，边弹边唱，可能是选的歌有问题，曲调不甚昂扬，我听着哼哼唧唧的，不太清楚，似乎有点压不住阵势。

底下三五成群，各自聊天。

有人带着孩子走了。

过了一会儿，我的目标已然圆满，亦全身而退。

71. 见此一枝花

据说多看美女可以延年益寿，一切美的事物都是有益的，美女是画，美女是药，谁不想多活几年？做了20余年教书匠，眼看着一拨一拨的美少男美少女在眼前晃动，觉得这个世界确是进化的。我的审美观很不入流，对我来说，美即得心顺眼，如今近水楼台，得以近看西方之美（beauty），看得多了，亲身体会此言不虚：东西方美人标准不同，东方美是二维的、平面的，西方美是三维的、立体的。孰优孰劣，自己力所不逮，非我所能评判也。

宋美龄有很多名言，除了“我就是中华民国”，还有一句：“谁说这个世界是公平的？”这个世界当然不公平，但是，存在即合理，这个世界又是公平的。有人得天独厚，集美之大成，别人羡慕、嫉妒、恨，都没用的，比如我班巴西留学生柯佳丽（我起的名，第一眼她让我想起世界小姐选美比赛胜出的佳丽面孔）。

她真美。看见她，你会想背《诗经》：“硕人其颀……”或者古乐府：“日出东南隅……”不过，她不白，肤色是健康的棕色。

学了颜色词，她准确描述自己：“我是棕色。”她年方二十，天生丽质，不施粉黛，完全本色，在我看来，更增其美。造物主待她太厚，连她自己都忍不住赞一下。有一次上课，学了生字“挺”，她就学以致用，脱口而出：“我挺美。”她说这话时天真无邪，让我十分欣赏。

她聪明，不爱读书，学了“喜欢”，她就说：“我不喜欢看书。”这一点坦率也让我欣赏。她爱玩，到处旅游，东岸、西岸，加勒比海、波多黎各……有些中国留学生也这样，老一辈打工苦读的日子他们没有领略过，这也许是一种损失。她不在乎读书，不在乎分数，当然最不在乎的是中文老师。对她来说，学汉语是因为有个中国好朋友，爱屋及乌是也。

她有特长，美式橄榄球，她是大学橄榄球队的。某一天，来晚了，拄着拐杖，狞眉皱眼进了教室，右脚受了伤，整个小腿都打了石膏，看来伤得不轻。

她爱说话，进教室就和美国同学聊个没完，她喜欢美国。我问她，你觉得美国最好的方面是什么？她说是路，马路，开车。我有同感。还有呢？她说，买东西，什么都有，价格便宜。我也有同感。我们同属发展中阵营，所见难免略同。我们相同的，还有身高和鞋号，碰巧了。

她最喜欢的颜色是紫色，诺杰一听此言，立刻高举自己的紫色水杯，和她遥相呼应，示意他们是同好。斯大任逗他们说：“我最不喜欢的颜色是紫色！”姑娘小伙儿立刻同仇敌忾，四目圆睁，向不同色见者射出愤怒的“紫弹”，大任老先生不理“小儿科”，顾左右而言他。

我要归国了，她依依不舍，多次提议聚会相送，说她有一道拿手好菜，其他学生也纷纷报上自己的拿手菜名，一时间局面失控，恨不得立刻就到离别欢送那一刻！

大家都喜欢她，她像个透明的玻璃人，自然、纯净，既真且善又美。

“见此一枝花，如梦相似。”

72. 良夜

久不见爱丽丝夫人了。那日碰见，她推着助行车，殷殷垂询，知我快回国，说过几天 Z 教授 92 岁生日，请几个朋友一起吃一顿饭，也算给我送行。

那日下午，我在伊利诺伊卫斯理大学参加活动，完事后，驱车前往 Z 宅。老寿星已在门口等候，指示我将车停在家门对面。见过爱丽丝夫人，将生日贺卡及一大瓶蜂蜜献上，寿星特别高兴，说是每天早上喝这个。

安妮塔医生夫妇也在，还有在泳馆健身的那位大姐，站在忙碌的大厨旁边帮厨，原来她和今天请来掌勺的大师傅是一家！小镇的确不大。

和大厨聊天，我问他："您觉得自己是韩国人还是美国人，还是……"话未说完，他就说："中国人！我们是中国人！"早年他父母为躲避战乱到韩国，韩国排华严重，又到美国。"在哪里都一样，中国人勤劳挣钱，本地懒汉眼热嫉妒，说中国人抢了他们的饭碗。岂有此理！"

丹尼斯医生过来，递给我一杯香槟，我们站着边喝边聊。

Z教授的亲家公母来到，我便认识了丹尼斯的父母——李先生和太太。李先生是小儿科医生，在美国行医40多年，腿脚已经不太灵便，身体似不如92岁的老寿星。他有帕金森病。太太特别健谈，聊起本地华人，听到了一个悲伤的爱的故事：

> 大约在20年前，19岁的中国姑娘王小姐，交了个白人男朋友，两人很相爱，姑娘有汽车，男朋友没有，她就每天接送。这一天，为了接男朋友，急急忙忙出门，过马路的时候，就在父亲工作的饭馆门口，被疾驰的汽车撞死。姑娘的父亲王先生，是饭馆的经理，节俭谨慎的好人，把女儿出事的原委告诉了小伙子，并没有责备的意思。可是，在姑娘的葬礼上，下葬的一刻，小伙子拔出手枪，对着自己脑门，当众开枪自尽了。生死一刹那，悲上添悲，震惊了全场，轰动了小镇。痛失亲人的王先生，从此性情大变，看淡了一切，尤其是金钱……

李太太聊家常，说，丹尼斯医生9岁从台湾到美国时，一开始很不适应，老师给起了洋名丹尼斯，上课叫他，不应，表现很不好，老师召家长反馈情况，说丹尼斯有问题。妈妈说，你有没有问他，你说的话他听懂了吗？他都不知道你在叫谁！丹尼斯有一年多很不愉快，很不愉快。后来成绩A和B，再后来全A，全A，后来学了医，成了耳鼻喉医生。

我请教她，有个说法，在美国，最聪明的学生并不是学医的，而是学政治的，为什么是这样？她笑说是的，因为学医要慢功，费时费钱，在美国，聪明的都去学政治了，你知道政治家最聪明。

和Z教授亦厨亦友的大师傅接过话茬："全世界的政治家都一样，只有我父亲是个例外。"原来，他有个令人尊敬的父亲，是台湾地区某时期的驻韩工作人员。他说父亲告诉他，政治最黑暗，绝不允许他搞政治。他的父亲，为官清廉耿直不得重用。某段时间，台当局给外驻人员提供巨款支配，搞统战，拉关系，交朋友，请客吃饭，不开发票。家里孩子多，母亲请求父亲适当照顾一下自己的家庭、孩子，父亲充耳不闻，不但一分不沾，还倒贴进去自己的家底，退休以后的财产是价值8万美元的一套房子。上世纪70年代，父亲让他代替自己履行职责，他带着弟、妹到了美国，刷盘子洗碗打杂做工，从最底层干起，耽误了学业，"就这样，活成了今天的样子"。

我知道他们夫妻过些日子要去香槟市（Champaign）一个韩国餐馆工作了，他是大厨，妻子做管理，每个月回家一次，留女儿一个人在家。"孩子吃饭怎么办？""她自己会弄。""您传的手艺吧？""没有。我们喜欢吃鱼、肉，她不爱，她吃素。"

讲到父亲爱国，他又说起一段佳话。他父亲第一次从韩国到中国大陆探亲，一出海关就被公安局请去，说明别怕，只是喝茶，十分礼遇，只是欲了解韩国某事件的情况，了解完毕专车护送到家乡省亲，当地政府十分关照。

李先生问我来历，说他们去过两次中国大陆，到过北京，意犹未尽，还准备再去，欲在王府井附近租一个套房，好好住几个月。李太太说起第一次去北京，出租车司机特别热情，服务周到，包车几天，一天200美元。最后一日，司机说自己的女儿想买电脑，没钱。李先生想，孩子想要个电脑，要求合理，OK，我帮你，小费一下给了200美元！

夫妻俩都爱钓鱼，打开手机给我看钓到的大鱼照片，好几张，一条大马哈鱼近两米，立起来比人还高。

香槟一杯接一杯，喝完一瓶，又开了一瓶。伊利诺伊州立大学的H教授是四川人，说："这酒劲挺大的！"大厨说："有气的酒就这样。"丹尼斯给大家介绍，"这是法国名酒凯歌香槟"。包装很独特，上面竟然有SHANGHAI（上海）字样。

大厨说："这个盒子不好开。原来我在天津饭馆，来办聚会的主顾从来不忘给我送一杯好酒。"看来他爱酒也识酒。他说以前有一种法国名酒，地道法国酒，瓶子上却是一个中国字"福"！"这是老外的生意经，本国人看着是异域风味，反正你搞不懂，而对有钱的中国人来说，SHANGHAI看着不是很亲切吗？"美国文化一切以市场取向为目的，市场营销无孔不入，诚然！

吃蛋糕，三种不同风味的蛋糕，因为送蛋糕的多，爱丽丝把自己订的取消了，我差点也贡献一块。每种略尝少许，美国的蛋糕点心都甜死人，李太带来的胡萝卜蛋糕挺不错。十几个人吃了蛋糕，围着老寿星唱了生日歌，生日会近尾声。

Z 教授特别告诉我，他的传记已经写完，300 多页，印出来后送我一本。英文版委托 H 教授翻译，也已经完工 $^{2}/_{3}$ 了。

老寿星今天很高兴，领着我又参观一遍他等身的著作，有几本横陈在茶几上，并拿过一本小册子《潮汕人与潮汕文化》，签上名字送给我。

手捧宝书，告辞而退。

出得门来，满院芳菲，春风沉醉。

一个美好的夜晚。

后　记

两年任期即将结束，美国随笔也到尾声，我的写作暂告一段落，这是一件快乐的事情。

唐人写诗尽才求质。贾岛作诗，“二句三年得，一吟双泪流”。李贺苦吟，呕心沥血，字字珠玑。我不会写诗，写的是文，或者叫“文”的东西。我也没有那么苦，懒散惯了，不愿意给自己设目标定任务。倚马万言，除了有才，还得有体力，这都不是我。一集二年得，是真的慢，因为投入时间太少了。总体上我的生活跟在国内差不多，乏善可陈，只是闲云野鹤转到了地球这一边。通常我上午到教室去上课，下午去健身馆锻炼，晚上一灯独坐，恶补以前想看而不得的中文书，兴来写点东西。

昆汀·贝尔说伍尔夫写作时“想象力装上了加速器并且没有刹车”，这是天才作家创作的最佳状态。按照二八原则，写作的80%也是平庸黯淡的，20%闪闪发光，要抓住其中的闪光点并非易事，要有才有闲有情有致。不才有闲一贯懒散的人，我也有“文思汩汩”的时候。当是时也，废话连篇，不能自休，须臾写毕，欣欣然，陶陶然；有时艰涩，腹内拮据，意不称物，文不逮意，推敲不定，茫茫然、昏昏然；有时一夜无梦，早晨醒来，神清气爽，窗外鸟鸣婉转，觉时光大好不能辜负，就蓄意要作一篇文，泡杯茶，坐窗前，双手支颐，极目望天，寂然凝虑，欲求思接千载，可是，目之所见是如此赏心：天蓝云闲，一群麻雀，集结如一张大网，群起群落；一只红胸鸟，在地上轻盈觅食，走走停停；一只野兔子，倏地钻进了灌木丛，后面还有一只！长尾巴的小松鼠，迅疾溜下一棵树，唰唰唰，扫一回地，又悄悄爬上了另一棵；嘎嘎嘎，数只加拿大雁掠过屋顶，飞向田野……笔未动，神已远，写作大事已然抛到九霄云外了，看看时间，日上三竿将近中午，想想，算了……

不管怎样，书已完工。这一本兴之所至的东西，对读者也许是鸡肋，无甚价值；对自己却是敝帚，一段生活和记忆。倘若没有二三老友的催促，我也会写的，但何时结集成书，就难说了，念此满心感谢之外，唯有惭愧而已。

此刻，望望窗外，蓝天一碧如洗，想起方东美先生的诗句：

浩渺晶莹造化新，无云无霰亦无尘。

一心璀璨花千树，六合飘香天地春。

人在旅途。

2017年4月

于美国伊利诺伊州诺默尔小镇